Mañana sale el sol

Armando Yaber

Creative Book Publishers

Creative Book Publishers

Copyright © 2005 Armando Yaber

Publicado y distribuido en los Estados Unidos por

Creative book publishers

E-mail : jupaice@creativebookpublishers.com

Teléfono (909) 229-2750

WWW.creativebookpublishers.COM

Biblioteca de los datos del Catalogo-en-Publicación del congreso

ISBN:0-9765467-1-X

Primera Impresión: mayo de 2005. Printed in the United States of America

Dedicacion

Quiero dedicarle este relato a las personas que más quiero y a otras que aprecio, ellos han hecho con su actitud que esta obra sea un homenaje para ellos.

A mis padres Armando y Raquel, sus hijos crecieron, han echado alas se han ido volando, aunque no lo querían hacer. Gracias por la vida y por tanto amor.

A mi esposa Gloria y a mi pequeña hija Stephanie, porque han sido fuertes durante mi ausencia y conocen mejor que nadie lo que es la nostalgia, la melancolía y el sacrificio.

A mis hermanos Iván, Oscar y Juan, porque con ellos quiero compartir la jocosidad de este relato.

A todos los tripulantes del mundo en especial a los que trabajan en alta mar porque ellos han sido forjadores de muchas líneas de esta historia.

Introduccion

Mañana sale el sol narra la vida de una persona desde su infancia hasta la edad adulta; por cosas del destino se va de su entorno a los Estados Unidos a trabajar en una Compañía de cruceros.

El libro dice en forma amena y divertida muchas anécdotas y situaciones de la vida real con personajes ficticios y verdaderos, muchos lugares, nombres y personajes solo existen en la imaginación del autor.

El libro refleja mucha nostalgia por tener que marcharse a trabajar a otro lugar y echar de menos a familiares, amigos, lugares, la ciudad y el país de origen.

Es un libro que narra una historia particular que puede ser la de cualquier persona. El autor trata que la narración sea breve sencilla, amena y natural.

Cada ser humano tiene su propia historia que contar; cada uno es autor de su propia historia que a diario, minuto a minuto, va dejando huellas a donde va por lo que hace o deja de hacer, unas mas interesantes que otras, en este caso el autor quiere resaltar que es el sacrificio por nuestras familias lo que nos impulso a emigrar al extranjero en busca de mejores oportunidades de trabajo, de demostrar que si somos capaces a la tarea que se nos asigne, mejor oportunidad de ganar un mejor salario, de no morirnos de viejo sin que nuestros seres mas queridos tengan lo mejor; en este punto todos los marinos del mundo coincidimos, todos pagamos un alto costo por el bien de ellos que es al mismo tiempo nuestra felicidad, por eso cada minuto vivido en alta mar, lejos de los nuestros es mas que oro, porque es nuestra vida solitaria sin ellos y ellos sin nosotros.

Solo espero que este sencillo libro que ha sido tomado como ejemplo, sea un homenaje a las familias de todos los tripulantes en alta mar.

Mañana sale el sol, es titulada así porque todos esperamos un mejor mañana, radiante, de felicidad, junto a nuestra familia, llenos de bienestar, mañana sale el sol con energía positiva que todo lo lograremos, que nuestras metas se alcanzaran, que terminaremos de construir nuestra casa, que nuestros hijos se educaran mejor, que seremos mejores trabajadores, mejores amigos, mas solidarios, todo esto porque el día de mañana será mejor que el de hoy.

Armando

Contenido

Contenido

1
PRIMEROS AÑOS
Infancia y adolescencia en verde esperanza:
Ciudad Futuro

La vida la empecé a vivir cuando tenía cuatro años. En aquel entonces, todo el tiempo siempre era primavera. Nunca hubo nubarrones ni amagos de lluvia.

Durante mi niñez, el sol siempre fue brillante y alegre, y su calor lo aliviaba la brisa fresca que golpeaba mi rostro y revolvía mi cabello sobre mis ojos. Yo siempre miraba lejano, nunca me quise apartar de mi madre, y sufría mucho, muchísimo, cuando ella se ausentaba de mi mirada. Pese a mi temprana edad, sabía que mis padres afrontaban muchas limitaciones económicas. También era consciente de que en aquel tiempo, mi madre tenía preferencias hacia mi hermano menor, Juan, y no hacia mí que me quedaba llorando Lagrimas vivas, abundantes y saladas cuando ella se iba para Sevilla-Magdalena a donde mi tía y madrina a la vez", tía Chiqüí". A mi no se pasaba el dolor ni la tristeza por aquello que entendía como un desaire de amor que no era correspondido ¿ Y yo por qué amaba y no me sentía amado de la misma forma? ¿ Por qué a esa edad ya sufría de nostalgia y melancolía?.

El tiempo me enseño desde temprana edad a apretar los dientes y a sobrellevar, yo mismo, mis penas; pero en aquel tiempo no entendía esas cosas, y nadie se preocupó por explicármelas cuando me quedaba solo, llorando en mi cama, deprimido hasta cuando me volvía a mi cuerpo el alma al ver a mi madre de regreso y con algunos dulces que mi tía y madrina me mandaba. Yo me ponía feliz porque mi madre que me había echado de menos me abrazaba y me besaba y yo enseguida en un abrir y cerrar de ojos olvidaba todo aquel mar de malos sentimientos y era muy feliz porque el amor llegaba a mí nuevamente.

De mis otros tres hermanos, dos de ellos eran mayores que yo y habían pasado, quizás, por eso, ya aquellas situaciones les parecían muy naturales.
Vivíamos en casa de mi abuela Raquel, que empezaba a trabajar desde antes que saliera el Sol. Ella vendía fritos, almojábanas –una clase de pastel hecho de maíz--, bollos de yuca, de maíz tierno y de plátano maduro. Su costumbre era ahorrar lo que se ganaba. Mientras tanto mi abuelo, Juan Alejandro,

madrugaba para ir "al monte", como decía él para referirse a la pequeña finca que tenía sembrada de plátanos, mangos, yuca, ciruela, ñame etc. En ese ambiente nos criamos.

Mi hermano mayor –Iván-- era muy vivo: pegado a mi padre, porque mi papá primero entregaba su cariño y después, lo que pidieran sus hijos. Mi padre siempre fue abierto. Nunca dijo no a sus hijos.

Mi papá era cobrador en los buses de la Compañía Unitransco. Trabajaba mucho y ganaba poco, pero, a punta de sacrificios, todos íbamos saliendo adelante.

A mi hermano Iván le gustaban los juegos como a todo niño de seis años, pero ya no le gustaba los pantalones cortos, sino los largos porque quería sentirse mayor. Jugaba trompo, y con la bola de uñita (canicas) era un campeón. Coleccionaba cajetillas de cigarrillos vacías y las abría como si fueran billetes de verdad. A las de 'Marlboro', les asignaba un valor de 500 pesos; a las de 'Lucky', de 200 pesos, y a las de 'Pielroja' de 20 pesos. Todos los chicos de la cuadra hacían lo mismo, y con ese 'dinero' era que pagaba sus deudas cuando se reunían en las esquinas del barrio a jugar 'guájara'.

La 'guájara' se jugaba con cuatro granos de maíz pintados de negros por una de sus caras. Los granos se tomaban con el puño cerrado y se tiraban al piso. Si salían los cuatro granos con el lado negro hacia arriba, se lograba una 'guájara', que daba un puntaje altísimo; pero si alguien tiraba y caían los cuatro granos volteados, es decir con el negro hacia abajo, se lograba un 'cuco', que significaba un puntaje mayor que la 'guájara'.

'Cuco' mataba a 'guájara': esa era la regla. Un grano volteado negro hacia arriba valía 10; 2 valían 20; 3 negros valían 30; y 4 era 'guájara'. Se jugaba a 200 pesos ó 500 pesos de aquellos billetes de cigarrillo, y mi hermano Iván siempre ganaba 'millones'. Nunca perdió, tenía mucha suerte.

A nosotros nos gustaba seguir a nuestro hermano mayor Iván, pues siempre fue juguetón, alegre, espontáneo, inquieto. Era él quien tomaba la iniciativa en todo, y nosotros lo seguíamos. Mi madre nunca nos quitaba la mirada a ver que hacíamos, aunque sabía, por intuición, qué paso íbamos a dar.

Mi segundo hermano 'Tito' nació para ser amigable, rebelde, humanitario, original, excéntrico y muy idealista. Le gustaba lo nuevo; nunca le gusto lo convencional ni mucho menos que le cortasen la libertad que tanto amaba. Mi madre se preocupaba mucho porque éramos todos, a esa corta edad, muy andariegos y callejeros; entonces, para mantenernos en casa, se le ocurrió un día dejarnos a los cuatro 'en cueros', desnudos, encerrados para que no saliéramos más a la calle, pues, para ella, esto significaba peligro, problemas, posibles accidentes, y mi madre nos quería tener a todos cerca, dentro en la casa, jugando o estudiando, pero no en la calle.

Aquella situación la tolerábamos únicamente tres, pero no mi hermano 'Tito' que nos propuso escaparnos así. Pues, la desnudez no era impedimento para salir a la calle. Nosotros, los tres restantes sentíamos pena, vergüenza que nos vieran desnudos en la calle.por supuesto que a mi hermano "Tito" también, pero por ser rebelde quería sacarle partido a aquella situación, para nosotros aquello era particularmente difícil porque mi madre nos había escondido toda la ropa, y no permitía siquiera que nos cubriéramos ni con una toalla o una sábana, ni con periódicos, ni con nada. Sólo de esa forma ella se aseguraba que nosotros permaneceríamos en casa. Pero mi hermano 'Tito' no estaba dispuesto a soportar aquel encierro, de esa forma por lo que nos retó a todos, que él si salía a la calle corriendo desnudo y que nosotros no nos atreveríamos. Mi madre, se sentaba en una mecedora a tratar de oírnos que hablábamos y que maquinábamos. Las puertas de la calle mi madre las dejaba abiertas, como que si estaba segura que así, si era la cura a tanto "callejear", muchas veces le oíamos decir entre dientes: "no friegue yo no sé estos pelaos a quien salieron, no calientan la casa, pasan todo el día en la calle desde que amanece Dios"; y mi abuela que para castigar era experta exponía a mi madre como nos debía castigar -"porque esos pelaos sino los corriges a tiempo mija se te van a perder"; "dales buen rejo para que los veas mansos a todos".

-"Mantenlos a punta de penca para que olviden la calle". Mi hermano "Tito", quería demostrarnos que esa clase de castigos no era para él y mi madre se había equivocado si pensaba que esa era la forma de hacerlo olvidar la calle, a todos nos gustaba estar en la calle porque allí se reunían mas de 25 "pelaos" de 5,6, 7,8,y 9 años a jugar fútbol, a bailar trompo, a jugar bolas de cristal, en fin era mucha diversión la que allí encontrábamos, pero en casa solo hallábamos a mi temperamental abuela que con solo rascarse la garganta a todos nos asustaba y cuando nos veía sin hacer nada, sentados o en una cama enseguida se le ocurría que le fuéramos a hacer un mandado o nos ponía hacer diferentes oficios caseros que no nos gustaban.- "Bueno estos pelaos que es lo que les pasa, paran todo el día en la calle y cuando están aquí en la casa solo se les ocurre la cama, parece que tuvieran rabo".

Hasta que 'Tito', desafiando la autoridad de mi madre, emprendió veloz carrera hacia la calle, y corrió, así desnudo, unas dos cuadras; luego volvió muerto de la risa. Nosotros tres también nos reímos y aplaudimos. Mi madre y mi abuela no lo podían creer. ''¿Estás viendo Raquel a esos pelaos? –decía- mi abuela--. "Nada los detiene". "Vamos a tener que amarrarlos porque eso es mucho".

En eso de la disciplina, mi madre y mi abuela eran muy estrictas. Ellas no querían que nosotros cuatro anduviéramos como el resto de 'pelaos' del pueblo ''sueltos de madrina'', "buscando una mala hora'' ''malcriados".

Cierto, en la calle había toda clase de peligros, peleas callejeras, accidentes que podían ocurrir con el pasar constante de vehículos. El sol de aquellos días era muy caliente y quemaba la piel y el cabello; se sudaba mucho y los resfriados y enfermedades tropicales eran permanentes;

pero a esa edad, teníamos mucha Energia y dinamica y parecía que todos sufríamos de claustrofobia porque nadie se quería quedar en casa. Para nuestros estudios, mi madre optó por matricularnos primero en la escuela del 'Señor Ahumada'. Era una casa de techo de pajá y construida en bahareques. El sitio era muy pobre, pero el señor Ahumada gozaba de buen reconocimiento en la población como buen educador de niños. Era un viejito muy serio que utilizaba el método de enseñar con la regla en la mano. La disciplina que el señor Ahumada imponía sobre sus 20 ó 30 alumnos era muy rígida y estricta.

Aquello le parecía bien a mi madre y por eso nos matriculó ''para ver si ahora no se van a corregir, porque le di libertad al señor Ahumada para que los castigue si no hacen caso'', decía mi madre.

Un día cualquiera, las clases donde el viejito Ahumada se acabaron. Entonces nos matricularon donde 'La seño Otilia'; después a donde 'La negra Cervantes'; y por último, donde ''La seño Ana, la peona'. Le decíamos así a aquella viejita gordita que nos miraba por encima de sus anteojos, porque cada vez que tosía, se le salían los 'vientos', que ella trataba de disimular moviendo la silla o haciendo cualquier ruido. Ella frecuentemente tenía tos y cuando tosía como que tenía ''los muelles flojos'' porque oíamos su tos y, enseguida, sus pedos. Nosotros nos reíamos despacio. Ella miraba por encima de los anteojos buscando la risita en el grupo.

Mi hermano Iván, por supuesto mayor que nosotros, nos tomó ventaja y mi madre lo matriculó en primero de primaria. Estaba listo. Ya sabía leer, escribir y también contar.

Con el tiempo, todos estábamos preparados y mi madre nos matriculó en el colegio de primaria 'Jhon F. Kennedy'. Era un colegio grande y bonito. Yo me sentía orgulloso de estudiar allí. Me ponía muy contento con mis cuadernos y lápices nuevos y mi uniforme color kaki.

Mi madre nos mandó a cortar el cabello donde el señor Francisco Cervantes, el hijo de Alicia "La cabezona", amigo de mi abuelo, el peluquero del pueblo en ese tiempo.

Ese señor se sabía únicamente dos tipos de corte: el tipo 'cebolla' y el de la 'totuma'. El primero consistía en cabeza rapada y un moñito de pelo en la parte de adelante; como mi cabeza era redonda, con el corte parecía una cebolla, por tal motivo mis hermanos me empezaron a llamar 'Cebolla' y cariñosamente 'Cebollita''. El segundo corte –de totuma– se hacía únicamente en la mitad de la cabeza.

Como yo me enfurecía fácilmente por cosas insignificantes, me bautizaron como 'Fosforito'. Yo me di cuenta de que la mejor arma de defensa era el ataque, entonces opté por colocar sobrenombres a todo el que se metiera conmigo, primero comencé con mis hermanos que también que se reían de mí. A Iván el mayor, lo bautizamos 'Pestaña de burro'; a 'Tito' le decíamos 'Totogol'; y a Juan 'El ojón', a algunos amigos, como el "Guille", le bautizamos "El pajizo", a "Tico" le decíamos "loro quema'o" Así yo también me defendía de los ataques.

Nuestras vidas transcurrieron jugando, estudiando, y cuando abusábamos mucho de estar en la calle, nunca nos faltaron los regaños por parte de mi abuela y de mi mamá. Terminamos la primaria y continuamos después en el bachillerato.

Allí a los 16 años conseguí mi primera novia. Ella era gordita, cara redonda y tenía pelo castaño, Se llamaba Zuly, pero mis hermanos y amigos le decían despectivamente 'Zulinga', Yo me ponía nervioso cuando le tomaba la mano, temblaba y el corazón me latía mas fuerte. La voz casi no me quería salir y tragaba más saliva que de costumbre.

Le componía bonitos pensamientos de amor que le escribía en esquelas de colores perfumadas:

-"del cielo cayo un pañuelo/pintado de mil colores/ y en cada punta decía/ Zuly de mis amores".

"-El sol alegra el día/ la luna la noche/ y tú, mi amor/ siempre, siempre."

"-Dentro de las flores de mi jardín/ me puse a buscar la más linda/ y no fue sorpresa para mí/al encontrarte entre todas a ti."

Cuando le di el primer beso, ella casi se desmaya, y yo quedé casi privado con los ojos cerrados. El tiempo se detuvo, el mundo se paralizo, el viento dejo se soplar, los grillos en la oscuridad dejaron de cantar y con mis ojos cerrados solo oia muchos pajaritos cantando como una serenata a nuestra promesa de amor eterno; cuando abrí los ojos vi que las estrellas del cielo estaban sobre los dos, tal vez iluminando nuestros primeros amores. Después les conté la experiencia a todos mis amigos porque al fin, con aquel beso, había sellado nuestros amores como oficiales. La casa de ella era muy sencilla y estaba cerca de la mía, su padre era un tipo muy conocido en el pueblo, pues era 'radio-técnico profesional. En la entrada de su casa había colocado un aviso grande que decía 'El Ángelo: Radio Técnico profesional: se reparan toda clase de Electrodomésticos.

Radios, equipos, televisores, planchas, licuadoras, abanicos, etc.''. Era un tipo que había aprendido aquella profesión sin jamás haberla estudiado, sólo viendo, tocando y probando. Tenia un récord de demandas en la policía del pueblo por haber quemado radios, equipos etc., que estaban en buen estado y que se lo llevaban por cualquier daño de menor importancia y él, por estar adivinando, los dañaba, uniendo cables que no correspondían, terminaba quemándolos. Pero a todas las personas que le llevaban el radio, el televisor o la plancha, les decía lo mismo:

--"Bueno, para comenzar el trabajo tienen que dejar el 50 por ciento de adelanto".

--"¿Pero qué es lo que tiene el radio de malo, señor Ángelo?"--preguntaba el cliente.

--"Tiene el cotopló dañado", contestaba siempre Ángelo.

Si se trataba de un televisor, "tiene el 'cotopló dañado''; o si era una plancha, que le llevaban para el arreglo "tiene el cotopló dañado"o si era un abanico eléctrico,"tiene el cotoplo danado;

¿--"¿Y qué es el cotopló, señor Ángelo?"-- Preguntaba siempre el cliente.

Mister Ángelo siempre contestaba con la misma respuesta científica de hace 20 años:

--"El cotopló es el elemento vivo del motor. El que hace que el electrodoméstico trabaje y el aparato funcione. Si el cotopló se daña, por supuesto que el aparato no trabaja. Algunas veces se repara y otras veces se reemplaza. Yo tengo que analizar primero para ver si se puede recuperar o si hay que comprar uno nuevo".

--"¿Y donde venden esos cotoplós?"--, seguía preguntando el cliente.
--"Esos aparatos los traen de la China, pero yo sé en Barranquilla donde los consigo, porque no en todas partes los venden".
--"Oiga, señor Ángelo, esos Chinos si que inventan cosas nuevas ¿verdad?"
--"¿Tú has visto esas luciérnagas en la noche? Ellas usan un cotopló natural que se daña cuando la luciérnaga se muere. Los Chinos se inspiraron en ellas para fabricar cotoplós electrónicos"--, explicaba Ángelo. Así que la gente del pueblo lo conocía mas por 'Ángelo Cotopló.
A mí no me gustaba cuando mis amigos me decían "es cierto que tu novia es la hija de Ángelo Cotopló? Te vas a casar con ella y vas a tener cotoplocitos''. Aquello me asustaba y terminó por afectar mis amores con Zuly, además mis hermanos que les encantaba colocarle apodo a

todo lo que se moviera, no ahorraban tiempo ni ocasión para bautizar a quien fuera con tal de sacarle entretenimiento a costa del que se sintiera por eso molesto. Unos amigos por aquellos días nos habían traído de regalo una pareja de perritos, por lo pequeño que todavía estaban se veían bonitos, pero realmente eran ordinarios y sin ningún pedigre, además estaban ligeramente flacos y un poco descuidados, a mis hermanos que le gustaban las mascotas, no encontraron nombres mas apropiados para bautizar sus perros, a la hembra le colocaron "zulinga" y al machito le colocaron "el Ángelo", yo quedé tan 'psicoseado' que en todas partes comencé a ver pintado en las paredes graffiti: ''Cotopló es un ratero'', ''si usted es un pendejo, lleve su radio donde Ángelo Cotopló''. A veces soñaba con la bendita palabra y para evitarme malos ratos, me olvide de aquellos amores.

El día que nos mudamos de "Verde Esperanza", Ciudad Futuro, a Barranquilla, yo estaba triste y lloraba solo porque dejaba muchas cosas bonitas en aquel pequeño pueblo, amigos que me abrazaban con sus ojos llorosos y no creían que nos mudábamos a vivir a la capital a buscar estudios superiores, trabajo y progreso.

Esa mañana de un octubre de 1977 fue muy nostálgica; el cielo amaneció muy despejado. El sol era radiante y el día era muy alegre, pero mi corazón estaba triste y no se quería ir. Me despedí con mucha nostalgia de mis amigos del equipo "11 Espectaculares" y de los amigos de la cuadra que me abrazaban. Algunos lloraban y me decían: "Armandito no te vayas, no te vayas por favor, nos vas hacer mucha falta, te vamos a echar de menos". Yo no podía hablar nada, tenía un nudo en la garganta y mis palabras eran de llanto; tan sólo decía: "Yo nunca me iré y siempre estaré aquí". Veía a mi hermano Juan despidiéndose con lágrimas en sus ojos. Él sentía lo mismo que yo. Lo vi acercarse a donde los vecinos a quienes abrazaba fraternalmente. Mis hermanos Iván y 'Tito', quienes lloraban abrazados por tener que irse, no se querían despedir por tanto dolor.

Mi madre había pensado mucho aquel día. Le había dolido mucho tener que contratar, la semana anterior, el viejo camión de 'Mincho' para recoger todas las cosas. Se despidió de sus vecinas y amigas del alma, con quienes compartió muchas alegrías y sinsabores que trae la vida, lloró en sus hombros desconsoladamente y prometio volver siempre, pues Barranquilla, la capital, sólo quedaba a una hora y media por autobús.

Ese día de la mudanza vi que, materialmente, no teníamos muchas cosas: no teníamos televisor a
color, ni licuadora, ni nevera de 21 pies. Los muebles de sala eran viejos, y el resto de las cosas eran mecedoras, sillas, baúles con ropa y libros, cajas de revistas viejas y paquitos del pato Donald, de Tribilín, de Archi, de Turok, de Santo 'El enmascarado de plata', de Gene Autry, y de 'Juan sin Miedo'. También había cajas con zapatos viejos, matas ornamentales de mi mamá.

Durante el trayecto, mirando hacia atrás, me puse a pensar que debía estudiar en la universidad y trabajar para ayudar económicamente a mis padres, para comprar mejores cosas, cosas nuevas y bonitas. Creo que ese día todos maduramos. Los sueños de la niñez, la pubertad y la adolescencia ya eran cosa del pasado. Debíamos encarar la vida de ahora en adelante con más seriedad y responsabilidad. Los juegos debían quedar atrás --como lo iba haciendo el pavimento que miraba desde el camión--, para darle paso al estudio y al trabajo.

Nuestra mayor riqueza estaba compuesta por esas ganas de triunfar, de salir adelante, de levantarnos antes que saliera el sol y acostarnos tarde, como lo hacían mis padres y abuelos. Cada uno de nosotros confiaba en el otro. Yo confiaba en mis hermanos Iván, 'Tito', y Juan, y sé que ellos también sentían confianza entre si de sus potencialidades para salir adelante.

El viejo camión llevaba, entonces, una riqueza en cada corazón de los que allí íbamos. El viaje de dos horas fue largo y le sirvió a cada uno para pensar y meditar. El nuevo sol de aquel día nos acompañó durante todo el viaje. Mi padre no nos acompañó en la mudanza porque estaba trabajando, pero conocía, por supuesto, cada paso que estábamos dando porque él llegaba cada tres días a la casa y mi madre le iba contando, en detalles, el avance del proceso de mudanza.

Mi mirada hacia atrás coincidía con mi pensamiento. El pavimento se iba comiendo los recuerdos del 'canto del guacabo'", del juego del 'palito en boca', de la 'libertad' o la 'libe', de los tiempos de la cometa, el barrilete, de los espantos nocturnos – 'La llorona' y 'el hachero del otro mundo'--, y de los 'paquitos', de 'Juan sin miedo', Kalimán y Santo 'El enmascarado de plata".

También iban quedando atrás las explicaciones de "yo no voy a la fiesta porque mi mamá no me da permiso", de las mujeres 'señoritas', del enamorarse tirándose piedrecillas, del pantalón de terlenka y el pelo largo. Eran los tiempos del último invento de la ingeniería electrónica: El cotopló, según el Ángelo.

Eran también los tiempos de la 'machaca', que era un tipo

de avispa venenosa y grande que habitaba en el Amazonas, y que para aquella época se hizo famosa porque quién era aguijoneado no tenía otra salida que la de salir a encontrar, en el menor tiempo posible a alguien del sexo opuesto para hacer el amor", porque esa era la única forma de evitar que el letal veneno llegara hasta la cabeza.

Todo iba quedando atrás, mientras iban llegando a mi mente recuerdos de un tiempo pasado; de bailar 'chancletiao' o 'hamaqueao' las guarachas de Aníbal Velásquez en Carnaval.

El 'chancleteao' consistía en bailar 'brillando hebilla', 'apretao' y 'zampao' a la hembra con un ritmo como si uno estuviera durmiendo, bailando con la mejilla recostada sobre la de la chica y pisando como si uno estuviera matando hormigas en una sola baldosa. Se bailaba con un movimiento sabroso por lo atrevido. No era raro que la muchacha le preguntara a su parejo si había traído el foco de mano al baile.

El otro baile, el 'hamaqueao', era casi igual al 'chancleteao', pero con movimientos de hombros. La pareja lo bailaba con una mano agarrada a la altura del busto de ella para permitir un movimiento balanceado y en armonía, como si se estuvieran meciendo en una hamaca.

Con aquellos recuerdos me fui quedando dormido. La última imagen, sin embargo, no estaba relacionada con el baile. Fue la aparición, en el cielo de verano, de una nube en forma de palmera. Aquella imagen nos asustaba a todos los habitantes de "Verde Esperanza, ciudad Futuro, porque, según la tradición, cuando esto sucedía, alguien se moría ese mismo día. En efecto, ese día se murió un viejo que estaba haciendo una necesidad fisiológica debajo del puente. El médico del pueblo –el doctor Tarra-- había dejado escrito en su dictamen: "El muerto, murió de repente".

2

EN LA CAPITAL BARRANQUILLLA
Trabajo y desempleo

Al cumplir mis 20 años y haber terminado mi bachillerato, empecé a trabajar en Barranquilla Colombia en el departamento de importaciones de una ferretería de materiales importados como tubos de acero para gasoductos, oleoductos, válvulas en general y otras líneas de mercancía especializada para la industria, como filtros roscados y con flanges, trampas para vapor en acero inoxidable y en acero al carbón, tubería en rollos de cobre etc. Se trata, en Colombia, de una ferretería grande con un gran capital.

Me desempeñaba como controlador de inventarios y despachos en el ámbito nacional. Eso fue en 1981. Devengaba un salario mensual de 40.000 pesos (un poco más de 20 dólares a precios de hoy), y después de trabajar seis años en el mismo cargo, ya devengaba tres veces más.

En 1988, la compañía abrió sucursales en Cartagena, Medellín, Cali y me propusieron trabajar como administrador de la sucursal de Cali, una ciudad parecida a Barranquilla, casi con el mismo clima caliente bordeando los 28, 29 ó 30 grados centígrados. Me propusieron un salario de $200.000 para comenzar, con la garantía de que si Yo lograba vender mas de $10 millones mensuales, ganaría el 1,5 por ciento de comisión. Para mí era una gran oportunidad. Era lo que como profesional necesitaba: retos bien remunerados para entregarme por completo --día y noche, si fuera el caso-- para lograr mis objetivos.

Era una bonita oportunidad, pues la ciudad de Cali y su complejo industrial en Jumbo se prestaban para lograr yo la posibilidad de alcanzar ventas no por $10 millones, sino por $30 millones o más. Dialogué con mi esposa y quedamos en que para atrás, ni para tomar impulso. Así que a los 10 días, ya estaba en Cali, bella ciudad de hermosísimas mujeres; que, por el clima les gusta vestir de minifalda y ombligo afuera. ¡Hay, qué rico!.

Al mes, luego de visitar empresas industriales e ingenios azucareros, es decir, después de hacer mercadeo, entrevistarme con jefes de compras, mostrarles los productos que vendíamos, enviarles cartas comerciales dándonos a conocer a mucha empresas en Cali, Palmira y sus alrededores, ya facturábamos mas de 20 millones de pesos; y teníamos cotizaciones pendientes que se podían aprobar en un corto período de tiempo. Allí había un potencial enorme de ventas. Yo recuerdo que había hecho un esfuerzo enorme para cumplir los objetivos fijados y ¿saben cómo me pagaron mis jefes? Les voy a contar donde quedaron mis ilusiones como profesional en ascenso, el día que recibí el cheque de la nómina que venía de la casa matriz en Barranquilla. El cheque era por 170.000 pesos y no por $200.000 como habíamos acordado. Y sobre las comisiones por ventas se hicieron los locos y nunca me las pagaron. Además, me informaron que un familiar del dueño de la compañía se había graduado en no sé qué Universidad en los Estados Unidos e iba en camino como administrador en propiedad y yo como quedaba, entonces, como un burlado y engañado.

Se valieron de artimañas en el contrato laboral, ya que como administrador sólo tenía un mes, y el período de prueba todavía no se había vencido, pues era de dos meses. Ellos me habían hecho renunciar de la primera compañía de importaciones y me habían contratado para la otra compañía que comercializaba los productos. Ambas eran del mismo dueño.

En Colombia el régimen laboral decía que si un trabajador que perteneciera a una compañía por cierto tiempo y luego renunciara a esta para ser luego contratado por otra   del mismo dueño, el período de prueba no se tuviese en cuenta siempre y cuando este trabajador no hubiera permanecido por fuera por espacio de seis meses como mínimo, así que como yo no permanecí seis meses desvinculado de la compañía o del mismo patrón, el periodo de prueba de dos meses no era legalmente aplicable en mi caso. De todas maneras, acepté aquello por razones de que necesitaba buenas recomendaciones y referencia. Sí, deseaba trabajar en otra compañía y no podía salir de aquella empresa contrariado y con discusiones de demanda ante el Ministerio del Trabajo, ya que, además, no me iban a indemnizar por mucho dinero.

Desilusionado, con la moral en el piso y con un futuro incierto, me fui de regreso a mi querida Barranquilla. Llevaba sobre mí mucha frustración, aunque al mismo tiempo estaba alegre porque tenía un mes que no veía a mi esposa y a mi familia.

Tomé un avión de Avianca para Barranquilla, una hora de vuelo desde el occidente colombiano a la Costa Caribe. En el avión pensé miles de cosas y reflexioné sobre mi futuro.

El avión aterrizó en el Aeropuerto Internacional 'Ernesto Cortissoz' de Barranquilla. Allí estaba mi mujer esperándome. Me dio un beso y un   fuerte abrazo.

Luego tomamos un taxi que nos llevó a casa.

Esa noche, después de telefonear a mi madre y hablar con mis hermanos, hablé con mi esposa muchas horas. Hicimos el amor varias veces, tal vez tratando también de hacer el bebé que no habíamos podido tener. Ya habíamos cumplido dos años de casados y los exámenes ginecológicos apuntaban a un útero en retroversión y era casi imposible que pudiera concebir. El ginecólogo había dicho que adoptando varias posiciones al hacer el amor era factible, pero que siguiéramos el tratamiento y las instrucciones y así nos evitaríamos una costosa cirugía.

Después que hicimos el amor, decidimos dormir hasta la mañana. Era un octubre de 1992. Me dormí pensando "mañana voy a empezar una empresa de servicios y asesorías en materia tributaria y contabilidad para pequeñas empresas". Así que me levanté temprano.

Primero visité a mi mamá, que vive en otro barrio, no muy lejos de donde yo vivo. Le conté todo lo sucedido y sentí que a ella también le dolió lo que le había pasado a su hijo. Me dio mucho aliento, me hizo levantar la moral. "El hombre que se levanta después de haber caído me dijo--, puede ser más valiente que aquel que nunca ha tropezado". Ella me llenó de optimismo.

 Después de organizar ciertos documentos o papeles tome la decisión de ir a la Cámara de Comercio, organizar legalmente, con Personería Jurídica, una sociedad de asesorías contables y tributaria y así lo hice. Se llamó 'Asesorías y servicios limitada'.

Redacté cartas comerciales ofreciendo servicios a muchas medianas y pequeñas empresas. Caminaba horas a diario, de puerta en puerta, bajo un inclemente sol de verano. Trabajé duro. Parece mentira: envié unas 150 cartas y visité muchos comerciantes, pero nadie parecía interesado. "Otra frustración", me dije.

Estando trabajando en este proyecto todavía, sin dejarme vencer por los malos resultados, cuando conocí a Alberto Cepeda, un tipo de unos 46 años muy maduro, con mucha experiencia encima. Él era contador empírico y había sido despedido de una gran compañía. Como su situación era muy similar a la mía, me propuso que trabajáramos juntos en la búsqueda de nuevas empresas que asesorar. Fue así como por su intermediación, y por sus buenas relaciones, nos comprometimos a poner al día, contable y tributariamente, por 200mil pesos mensuales, una compañía de reparación, mantenimiento y montajes de transformadores eléctricos.

Nosotros sabíamos que esta empresa estaba prácticamente quebrada, allí nunca había efectivo, se trabajaba con las uñas; pero por cada mes que nosotros pusiéramos al día en contabilidad e impuestos, nos debían cancelar 200.000 pesos.

Esta compañía tenía un atraso de dos años. Nosotros le dedicábamos medio día todos los días, y el otro medio día lo dedicábamos a buscar nuevos trabajos. Fue así como conocimos a 'Bola de caucho' o 'Dago', que tenía un almacén de venta de repuestos de Renault, Mazda, etc., y tenía problemas de atraso en su contabilidad y en impuestos; además no tenía registrado libros oficiales en la Cámara de Comercio de la ciudad. Llegamos, a un arreglo, decidimos trabajarle dos veces por semana por 40.000 pesos mensuales.

Al cumplir nuestro primer mes de trabajo, 'Dago' nos entregó un cheque por los 40.000 pesos, pero cuando lo presentamos en el banco para su cobro, fue devuelto por fondos insuficientes, Como no fue la primera vez que esto sucedió, sino que fueron varias las veces que los cheques de Dago rebotaban en el banco, a Alberto se le ocurrió llamarlo desde entonces 'Bola de caucho'.

Cuando una persona no tiene un trabajo fijo y no tiene ingresos, o los tiene, pero no suficientes, la situación es precaria, es de crisis, es caótica. El desempleo trae ruina y malos pensamientos; trae, inclusive, muchas fantasías a la cabeza, y uno anda como un loco de aquí para allá y de allá para acá sin solucionar nada.

Uno envía hojas de vida a los avisos clasificados, gastas dinero en papel, en fotos, sobres, correos y pasajes en buses urbanos. Uno espera la llamada telefónica y nada, y cuando suena el teléfono, sale uno corriendo a cogerlo, lo levanta con la esperanza de oír "con el señor Armando, por favor" y resulta que es una llamada para la vecina que no tiene teléfono, y a ella se le hace el favor de prestarle el aparato porque dizque la próxima semana se lo van a instalar, y así se pasa el año y nunca se sabe si fue que le dijeron a la vecina que es la semana del próximo siglo.

Ella, que está cocinando, sale corriendo como alma que lleva el diablo, a contestar el teléfono y comienza a chacharear, y uno desesperado sin saber qué hacer.

A veces es alguien que llama a 'mamar gallo'. Uno sale corriendo, levanta el teléfono y escuchas al otro lado de la línea:

--"¿Ahí esta Lucho?".

--"¿Qué Lucho? Aquí no vive ningún Lucho".

--"Sí, el que te metió la picha de caucho".

Y así se van los días y tu mujer trabajando. Entonces la situación se vuelve más difícil porque como ella es la de la 'tula' – o sea, la del billete--¿qué puedes tú decir? Porque como digas algo, enseguida viene: "¡Yo soy la que trabajo!"¿Se puede usted imaginar aquello?

Ya con el tiempo, todos comienzan a mirarlo a uno como un estorbo y le dicen: "¿Yo no sé por qué no va a buscar trabajo?". Y aparecen miles de trabajo que los demás te pintan para crearle a uno falsas expectativas.

Parece mentira, pero en esos días, a uno le da más hambre por la misma situación, y termina uno barrigón como un chancho, o también puede ocurrir que no le dé nada y se ponga uno más flaco que "un silbido de culebra". Sí, flaco, 'llevado', y cabezón de tanto pensar.

El dinero no es todo en la vida porque con él no se puede comprar la felicidad, pero aunque esto sea cierto, el dinero es tan necesario como la vida misma. Generalmente va en el mismo ascensor con el bienestar familiar y la tranquilidad.

3

MIS PRIMAS, LA CHIQUI Y LA CARA E' GATO

Una vez en 1981, cuando estaba apenas comenzando a trabajar en la empresa de importaciones, se vinieron a vivir a Barranquilla dos primas de Villa del Rosario, "la ciudad bonita", Llegaron a vivir "a la casa de su tía Raquel". Sus padres, lógicamente, corrían con todos sus gastos. Mi madre las instaló y les asignó una habitación para que se sintieran más cómodas.

Ellas se matricularon en el colegio liceo del Caribe de Barranquilla, una en sexto grado y la otra, en séptimo, ambas eran bien parecidas, por lo que ocasionaban que a los hombres nos bailaran los ojos para todos lados, como dice mi amigo Sabas "como bola de uñita en hamaca".

A ellas les gustaba el baile, la rumba, el vallenato. Siempre se les veía 'pelando el diente' cantando, bailando solas. Con el tiempo, salí yo 'martillando' con la mayor de las dos, pero, realmente, fue más por insinuación de ella que mía, pues ¿yo qué iba hacer si estaba en mi cuarto acostado en mi cama leyendo un periódico y ella, de 17 años, llegaba y bruscamente se me tiraba encima con el pretexto de estar jugando, y con la sábana de la cama me arropaba la cara y me besaba por encima y yo que estaba por esos días que no me podían rozar. Total que salimos enredados [no enamorados. Muchas veces, cuando yo llegaba muy tarde de la calle, o los sábados, después de haber estado yo en alguna fiesta, ella me esperaba sin yo proponérselo para que yo 'fuera a la cuna de Venus'. Esto se presentó varias veces.

Con el tiempo, eso terminó porque noté que ella se estaba enamorando de mí, y yo no quería porque de verdad a mí no me gustaban las gordas, y en segundo término, porque no estaba preparado, no tenía buenos ingresos, apenas tenía 20 años, y tenía que organizarme mejor para conseguir una esposa. Además, yo quería disfrutar la vida sin amarres, sin ataduras. Así pasaron dos o tres meses. Para ese entonces yo iba frecuentemente los sábados, entre dos y tres de la tarde, a visitar a unos amigos de Verde Esperanza: Ciudad Futuro, Ellos tenían dos hermanas 'bien buenas': una soltera y bien formada y la otra era separada; mejor dicho 'solterita y a la orden'.

A mí me gustaba la menor. Estaba tierna en aquel entonces. La mayor era de más experiencia, pero joven, y no había tenido hijos a pesar de haberse casado dos años atrás. Se separó del marido por lo mal que éste se portaba con ella. Ella se llamaba Carolina, pero le decían cariñosamente 'La Chiqui'. La otra se llamaba María José.

Yo iba de visita allí por dos motivos: uno, porque me encontraba con mis dos amigos y salíamos a tomar cerveza y a oír la música que a nosotros nos gustaba; y segundo, por ver a María José, para mi sorpresa, ella un día me dijo: "La chiqui está enamorada de ti. Tú le gustas". Yo le pregunté: "Y tú como sabes si yo nunca le he dicho nada a ella". "Porque ella me lo dijo", respondió.. Desde aquel momento, pensé yo: "Ahora mismo voy apuntar los mísiles hacía el occidente".

Los días siguientes pasaron normales. Al siguiente, sábado, regrese a casa de mis dos amigos. Ahora con mayor razón. Al llegar a la casa, la puerta estaba cerrada, como si no hubiera nadie. Toqué varias veces, hasta que al fin, 'La Chiqui' me abrió la puerta. "Oh, perdona, estaba en el patio y no te oía", me dijo ella. Entré y pregunté por mis dos amigos, Alexis y Nilson. "No hay nadie en casa", me dijo. A mí el corazón me latió más fuerte al oír aquella respuesta, La respiración se me agitó un poco. Pensé "esto va ser aquí como quien le tira un poco de afrecho a un pavo", y yo, que tengo una sicología que nunca me falla, percibí que ella no Tenía ningún temor, sino más bien una risita cómplice, una risita que hablaba por ella misma. Me entré, fui derecho a un espejo, frente al cual pude verificar que era todo un galán; me toqué la nariz, y ella, viéndome, se me acercó diciéndome. "Yo te saco una espinilla que tienes allí". Ella se me acercó, me colocó sus manos en mi cara, sentí el olor a mango de puerco en sus manos, pero no me importaba. Ya la tenía a 30 centímetros de mí. Era provocativa y coquetona, la tomé por la cintura, la abracé, la besé como quise. Duramos un buen rato 'atarzanados'. Parecíamos privados uno contra el otro, hasta que ella misma reaccionó y me dijo un poco nerviosa y temblorosa "mejor vete, estamos solos, y si alguien viene, sospecharía y se echaría a perder todo. El lunes te llamo y vamos algún otro lado, mejor". Aquello me pareció muy sabio para nuestra conveniencia. Así que me fui pensando: "El lunes, cuando me llame, la invitaré primero a una heladería; nos tomamos un helado o una cerveza, y dejo el campo abonado para la segunda salida, que ahí, sí voy con todos los hierros.

El lunes a las 6:30 de la tarde, llegué del trabajo. Estaba cenando, cuando sonó el teléfono. Efectivamente, era ella. Hablaba desde un teléfono público.

--"Hola Armando, ¿cómo estas?"

--"Bien, mi amor, ¿y a ti cómo te ha ido?"

--"Bien... esperando tu invitación".

--"Yo también; creo que no he dormido una semana pensando en este día y ya llegó". "Okay, vamos a..."

--"Mira, te espero aquí en la carrera 40 No. 39-25, en 15 minutos".

--"¿Y eso que es ahí?"-- pregunté tratando de saber si era una taberna o una heladería, porque por la dirección, ya sabía que era en el centro de la ciudad.

--"No te preocupes, querido, te espero en 15 minutos.

Chao, baby".

Tomé un autobús al Centro de la ciudad. No tardó 10 minutos en llegar; me bajé; empecé a buscar la dirección casa por casa --o mejor dicho, hoteluchos por hoteluchos o residencias por residencias, donde van los enamorados a mecerse en la cuna de Venus--. Al fin llegué. Había un letrero grande que decía 'RESIDENCIAS El REFUGIO DEL GUERRERO" ¿cómo la ves?, y yo, pendejo, dizque por ser la primera vez, la iba a llevar a una heladería.

Me paré solo dos minutos, verificando que esa era exactamente la dirección. Cuando, de pronto, sentí que alguien me tomaba del brazo diciendo una voz femenina, "Vamos adentro, papi".

Pagué, al entrar, 120 pesos la hora. Nos señalaron la habitación. Hotel cinco estrellas, pero de atrás para adelante, cama de hierro, colchón pullman hundido en el centro por el uso y el abuso, resortes salidos disimulados por las sábanas que ya habían perdido el color. Las paredes tenían graffitis por todos lados": Qué viva el cacho","mi mujer tiene huevos: el gallo", "las mujeres están escasas, no se las coman".

En el techo, había un abanico de grandes aletas que se balanceaba peligrosamente queriéndose caer sobre la cama donde nos encontrábamos y que, a ratos, nos quitaba la concentración porque jamás en su vida conoció lo que era el 3 en 1.

Aquella situación era preocupante, pero ¿qué más tocaba?

Todo estaba dispuesto así. al entrar al cuarto, la despeluqué en un santiamén, me quité la ropa como pude, con mucha velocidad, sentí que un botón de mi camisa voló por el aire por la desesperación, quedé con las medias puestas, y por la ansiedad, con un pie me quitaba la media del otro. Sólo se oían suspiros y gemidos y el "raqui, raqui, raqui, raqui" de la cama de hierro que nunca en su existencia le apretaron los tornillos; más parecía una mecedora de hierro, o no se sabe si era estrategia para obligarlo uno a volver por lo diferente de las otras, que son fijas y no se mecen.

Después de largo rato, yo le dije a mi 'fiance': "es mejor que nos vayamos de aquí antes de que ese abanico nos caiga encima". Así que nos pusimos la ropa, y cuando ya íbamos a salir, ella me pidió dinero para pagar unas deudas, para comprarse un vestido nuevo, para la comida del día siguiente, para ir a hacer unas diligencias en Verde Esperanza: ciudad Futuro, el miércoles, para el taxi, aquello no me gustó porque parecía como si estuviera pagándole el rato agradable que los dos pasamos, y ya no se veía como algo espontáneo del corazón, sino como un negocio de ella.

Yo le di 3 mil pesos, que para ese entonces era una cantidad significativa, no mucho, pero realmente sí le ayudaba en muchas cosas. Sentí que ella esperaba mucho más por el gesto de cara al recibir de mala gana el dinero. Salimos, nos despedimos, le dije que la llama ría el fin de semana y ella contestó, a medias, que sí.

Aquello duró poco. El viernes la llamé por teléfono, la saludé, le dije que pensaba tomarme unas cervezas como de costumbre con sus dos hermanos, mis amigos, Alexis y Nilson, y que si nos veríamos el sábado. Sólo me dijo: "mejor que no vengas. Si vienes con ganas de quedarte a comer aquí, te mueres de hambre". Aquello fue definitivo, así que no volví más a su casa y preferí cambiar de ambiente los sábados.

Como al mes, llegó a casa una invitación para una fiesta de cumpleaños. Iba a ir María Auxiliadora, mi prima menor; la vecina, que estaba buena en aquel tiempo [ahora esta cuerúa y más fea que una patada en los huevos], y también iba a ir el que no faltaba donde hubiera música ron y mujer: el propio, el que nunca dice que "no" si le conviene; el hombre en aquel tiempo bello y hermoso, apetecido por las mujeres por su estilo, por su forma de vestir un poco 'Travolta', a la moda; el que hace los goles y todo el mundo quiere saludar; el que sabe bailar; el de la universidad, el de la china de cabello sobre la frente y la cola de pato atrás. Yo era irresistible, ¡palabra que sí!.

Fuimos a la fiesta. 'Machi' --como yo le decía a mi prima menor-- le pidió permiso a mi madre, y como iba con Lili, mi vecina y amiga de ella, e iba yo, a mi mamá le dio confianza; y ese 'sí' dado a mi prima para ir a la fiesta de cumpleaños sería un dolor de cabeza tiempo después.

En la fiesta, bailando con Lili, ella me dijo que no se sentía bien, y que prefería regresar a su casa. Tenía cólicos menstruales fuertes y se agarraba la barriga y se sobaba. Vi que sudaba frío, la presión se le bajó: no había dudas que le había llegado 'la regla' en pleno baile. Lili se disculpó con María Auxiliadora, mi prima, por tener que marcharse temprano a casa. Yo, como todo caballero que se respete, la acompañé, luego me devolví media hora después.

La fiesta apenas se ponía buena. Había buena música y atención. 'Machi' y yo salimos a bailar. Ella estaba preciosa. Nunca había bailado con ella. Bailaba muy bien y se pegaba mucho a mi cuerpo. Con tanto roce que roce y soba que soba, trago que viene, trago que va, disco que viene disco que va, bailábamos muy sabroso, caminábamos bailando la sala. Los demás miraban cómo nos divertíamos. Por supuesto que habíamos tomado, y aquellos tragos nos ponían más atrevidos y más libres.

Esa noche en plena sala de baile le di un beso 'robado'. Le pregunté si le había gustado y me respondió afirmativamente; entonces la premié y le di otro. Más tarde hablamos; hicimos planes; quedamos en ir, la próxima semana --sábado 29 de junio-- a una discoteca de la ciudad. Ese día, ella le sacó un pretexto a mi madre para ir a una fiesta de su colegio. Allí bailamos, nos besamos sin cesar. Ese día quedamos en que por ningún motivo le diríamos a nadie de nuestras relaciones por muy fuertes que fueran las presiones a que nos sometieran para decirlo. Ella me prometió que el día de mi cumpleaños me daría un regalo que jamás iba a olvidar,

El día 6 de Julio de mi cumpleaños llegó y ese día salimos juntos. Primero nos citamos en un sitio de la ciudad. Yo llegué primero y luego ella. Caminamos varias cuadras, y cuando nos dimos cuenta, ya estábamos dentro de un motel; pero a pesar de ella tener un hermoso cuerpo de reina, no fui capaz de hacerle el amor porque pensé que, de pronto, quedaba embarazada y pudiera tener hijos con rabo de puerco.

Los días pasaron y seguimos nuestros amores a escondidas de todo el mundo, hasta que un día mi madre me sorprendió cuando llegué del trabajo a las 6:30 de la tarde. La noté muy seria conmigo y me dijo firmemente "mijo quiero que me diga la verdad y por favor no me mienta: ¿Usted tiene amores con María Auxiliadora, su prima?".

La pregunta me produjo un corto circuito en la cabeza. No sabía que pensar, los pensamientos se me cruzaban unos con otros, los pelos se me pararon, quedé sin fuerzas, no sabía que responder. Pensé "Machi le dijo algo a mi mamá, pues nadie más sabe, ¿o habrá algún sapo por ahí?

Yo nunca le había mentido a mi madre, así que traté de esquivar la pregunta con otra pregunta:

--"¿Por qué me preguntas eso?"

--"Porque Ricardo Rojas me lo dijo".

¿--"¿Y quién es Ricardo Rojas (ese sapo), pensé?"

--"Es un amigo mío que tú no conoces y que adivina el futuro de las personas y sabe muchas cosas".

--"¿Un brujo?"

--"No, no es un brujo".

Ese día se acabó todo con María Auxiliadora, mi prima; pero a mí me quedó sonando aquello de Ricardo Rojas. Al cabo de unos meses acompañe a mi mamá a casa de la madre de Ricardo Rojas, que era amiga de mi madre y siempre acostumbraban a visitarse para chacharear. Cuando llegamos a su casa, él estaba allí y mucha gente que quería saber muchas cosas.

Ricardo cobraba caro por las consultas y no atendía a todo el mundo, así que al rato de estar allí, mi mamá le dijo: "échale los caracoles a Armando a ver que le sale". El dijo que estaba bien y me invitó a que me sentara frente a él. En medio de los dos, había una mesita con un mantel blanco. Él tiró unos caracoles y pronunciaba unas frases en dialecto raro, diría yo que como africano. Luego escribió en un papel lo que él creía que significaba aquellos caracoles. Al fin me dijo: "te vas a ir a trabajar al extranjero; vas a trabajar en agua, no en tierra. El viaje no va ser por ahora, pero tú te vas a ir fuera de este país y te va a ir muy bien. Y como segundo, te advierto que tengas cuidado por que te estás "pisando" a una que tiene el pelo teñido, y si no tienes cuidado, las vas a empreñar".

Yo me reí de aquello porque se trataba de una vecina mía a quien le decían la 'Cara e'gato'. Ella se volaba el patio de su casa a la mía para que yo la "martillara". Recuerdo que algunas veces el perrito de ella llamado "Joe", un perrito blanco muy bullero por cierto, ya me conocía y no podía verme porque me identificaba como aquel que se asomaba por la pared a media noche buscando a la 'Cara e'gato'.

Esos días fueron de matas regadas en el patio. Mi mamá, que gustaba de conservar sus matas bien cuidadas y arregladas en orden en el patio pegadas a la pared, las encontraba al día siguiente, después de aquel ajetreo subido en las materas que me servían de escalón para alcanzar a tener contacto con mi vecina, las materas aparecían revolcadas en el suelo. Yo por la rapidez de aquellos encuentros furtivos en la semioscuridad, nunca tuve el cuidado de colocar nuevamente todo en su sitio. En la mañana siguiente, mi madre exclamaba: "Ay, ¿ y que paso aquí?" "Ah, esa fueron la Key o la Tafy que me tumbaron las matas por estar correteando los gatos en las paredes".

Key y Tafy eran las perritas mascotas cocker spaniel de mi hermano Oscar, y a las que mi madre siempre culpaba. Lo que mi madre ignoraba era que en casa había un gato nocturno de dos patas que siempre salía a cazar de noche a la vecina 'Cara e'gato'.

Por aquellos días, en los que rondaba los 20 años, andaba por las calles de la ciudad muy asustado y prevenido. Parecía como si permanentemente alguien me estuviera siguiendo los pasos, porque el Ejército colombiano tenía la costumbre de reclutar para sus filas regulares a cualquier joven menor de 24 años que no fuera casado y que estuviera en buenas condiciones de salud y yo reunía perfectamente esos requisitos. El servicio militar era obligatorio. y el Ejército reclutaba a los jóvenes a como diera lugar, para luego de un duro entrenamiento, llevarlos a las montañas de Antioquia o el Magdalena medio --zona peligrosa-- para combatir a la guerrilla del ELN (Ejército de Liberación Nacional) que comandaba el cura Pérez; o las FARC (Fuerzas Armadas Revolucionarias de Colombia) comandadas por 'Tiro fijo'.

El Ejército no tenia condescendencia con ninguno. Los soldados hacían un operativo en cualquier sitio y a cualquier hora. Llegaban a una calle, montaban un retén y paraban a todos los buses urbanos que a esa hora pasaban por allí. Había alrededor de cien militares rodeando la zona, con camiones parqueados cerca de allí para embarcar los que consideraban aptos. Al bus que paraban, se montaba un uniformado.

Ellos, generalmente 'cachacos' gritaban en la puerta del bus: "a ver, todos los hombres abajo, con los papeles en la mano". Todos los hombres se bajaban, luego de una inspección en busca de eventuales armas, solicitaban específicamente: "¿su libreta militar?" y si la respuesta era que no la tenía, aquel infortunado iba derecho al camión que tenían parqueado para fin de reclutamiento.

En esos días se veía gente corriendo de un lado para otro. Los jóvenes parecían locos, huyendo a como diera lugar de los buses urbanos. El que no tenía su libreta militar, antes del aviso de "todos los hombres abajo'', prefería tirarse por las ventanillas. Ninguno de los atletas más veloces del mundo --Lewis o Jhonson— les ganaban en velocidad pura a estos tipos que llevaban el pánico adentro, evitando de esa manera ser reclutado a las fuerzas militares.

En vista de que la situación se puso "maluca", tuve que pagar 12 mil pesos –que era algo significativo en ese entonces, para que me saliera la libreta como malo para prestar el servicio militar, ya fuera que sufría hernia o que tenía pies planos o por otra enfermedad.

Después de que la conseguí, se me acabó el temor. Fue la medicina a todos mis sobresaltos y miedo a los militares; además, ese documento era muy importante para conseguir trabajo en cualquier compañía, para entrar a estudiar en la universidad, o para obtener pasaporte.

Recuerdo que un soldado Chocoano, negro como el azabache, una vez en un regimiento militar en Santa Marta, montando guardia donde estuve por unas horas por no tener definida mi situación militar, nos preguntaba: "bueno, y ustedes los costeños ¿por qué no les gusta servir a la patria?, ¿Por qué no les gusta el servicio militar? Pero sí sabemos, en cambio, que para bailar si la tienen bien gruesa."

Así que sin el dinero, hoy en día tú no puedes ir a la escuela, o a la universidad; nadie te lleva gratis en el bus urbano, ya no te matriculan gratis, necesitas dinero para casi todo en la vida. Sin dinero, tú no puedes comprar una buena casa, ni un carro, ni siquiera cosas tan simples como la comida y el agua. Tan sólo el aire que respiramos es gratis.

4

VISITA A JAIRO Y LUCY
Contacto con el señor Sierra
En la embajada Americana

Después de intentar con mis asesorías contables, mis ingresos eran paupérrimos, malísimos, no me alcanzaba para comprar casi nada. Ya tenía dos años de casado y sentía que no progresaba, no evolucionaba positivamente, no me alcanzaba mis ingresos ni para tomarme unas cervezas. Vivía muy preocupado y a veces deprimido por la misma situación. Todo eso era desesperante para mí, que era muy dinámico y con ganas de trabajar.

Pero por esas casualidades de la vida, visite con mi esposa a Jairo y a su esposa Lucy. Él era hermano de mi mujer, y había venido recientemente de los Estados Unidos a pasar vacaciones.

El trabajaba en la compañía de cruceros, Carnival Cruise Line como oficial radio operador. Después de conocerlo, hablar un poco de todo y contarle mi situación, el se comprometió a conseguirme un contrato en la Carnival. Eso sí, me aconsejó que debía estudiar inglés, porque era necesario para trabajar a bordo con pasajeros.

Para mí no fue difícil decir que yo aprendería rápidamente pues, siempre me destaqué en el colegio en esa área y mis notas eran siempre las mejores: el inglés era mi materia preferida.

Esa noche al regresar a casa, llegué lleno de optimismo, pues se me abría otra faceta que podría ser en un corto tiempo. Realmente dependería también de mi esfuerzo y dedicación al inglés, y de conseguir la visa y un contrato.

Desde ese entonces, alternaba mis trabajos de asesorías con el estudio del idioma inglés. Ya era un objetivo, un propósito. Cada día estudiaba 3 ó 4 horas, a veces más tiempo en la noche, sacaba copias a cursos de inglés que conseguía prestados, mi mujer me colaboraba con las fotocopias. Yo leía muchos libros de inglés. En casa de mi madre siempre me veían mis tíos, hermanos, mi padre y mi madre estudiando inglés a toda hora, y como yo no tenía un trabajo estable o fijo --mejor dicho, estaba desempleado desde hacía rato--, de pronto pensaron que esa preocupación me estaba volviendo loco o desesperado, ya que estudiar inglés en mi ciudad sólo servía para ser profesor, y para ser profesor de inglés, se exigía haber terminado estudios de Idiomas en la universidad y poseer la licenciatura.

Un día cualquiera le pregunte a mi mamá sobre los requisitos para obtener el pasaporte. Ella -- que tiene pasaporte, pues ha ido a Venezuela varias veces a visitar a mis tíos y a varios familiares que viven allá-- me dio los requisitos.

 Yo le comenté que tenía pensado sacar el pasaporte porque tenía la posibilidad, en un futuro, de irme a trabajar a los Estados Unidos en una línea de cruceros. En mi casa aquello sonó muy remoto: "¿ Y cómo?" "¿Quién lo va a contratar?" "¿De Estados Unidos?" "¿En una línea de cruceros?".

Un día menos pensado, el señor Sierra, Jefe de Personal de una gran compañía de cruceros, Llegó a Barranquilla a contratar a unos cocineros en el hotel Dann. Ruchi y mi mujer Gloria le hablaron de mi intención de ir a trabajar a un barco ya que yo hablaba inglés -- no tanto todavía, pero lo mascaba muy bien--. El señor Sierra le dijo que no había ningún problema y que en 10 días me mandaba el contrato. Eso fue en diciembre de 1992. A los diez días llegó el contrato para Armando Yaber, para que empezara como 'utility snacks', según el contrato en el "Brittania Star"
El pasaporte lo obtuve muy rápido, y con el contrato, diligencié las visas C1 y D1 que son visas de tripulantes.
Unos días antes de la solicitud de la visa, me asesoré bien para la entrevista con la Cónsul, Ella era una mujer alta, morena, bien parecida, puertorriqueña, y le gustaba.
Visitar los fines de semana el salón cultural Lincoln del Centro Colombo Americano donde yo estudiaba el nivel 10 de inglés.
Un día antes de ir al consulado americano en Barranquilla, tenía todos los requisitos. Inclusive tenía una carta del Centro Colombo Americano donde constaba que cursaba décimo nivel de inglés.

Obtener visa fue o es todo un misterio. Seguridad por todas partes, carros blindados, con vidrios polarizados y escoltas armados hasta los dientes.

La citas con la Cónsul comenzaban a las ocho de la mañana, pero había que llegar muy temprano. Yo me vestí como quien va para una reunión muy importante (y para mí lo era.)Con mucha seriedad, pero 'mojado' por los nervios, me fui a la una de la madrugada.

Fui el primero. La segunda persona llegó como a las dos de la madrugada, y de ahí en adelante, fueron llegando mas poco a poco. A las seis de la mañana, había alrededor de 200 personas. Nos recibieron los papeles; los revisaron primero, luego nos hicieron pasar a un salón grande donde había, disimuladas en las esquinas, cámaras de circuito cerrado apuntando a todas partes. Al frente, había ventanillas por donde la Cónsul entrevistaba mediante teléfonos, uno adentro, para ella; y uno afuera, para él solicitante. Las ventanillas eran de un vidrio muy grueso de seguridad. Ella, elegantona, llegó a la ventanilla. Era la mujer más importante en ese momento. Se veía fresca, recién bañada.

--"El primero" –dijo. Me levanté, y con una sonrisa en mis labios dije: "good morning, madam". Ella sonrió y me dijo enseguida:

--"Good morning. How do you doing?"

--"Very well, thank you"-- Respondí.

"¿Hablas inglés?--, me preguntó.
--"Un poco, estoy en décimo nivel en el Centro Colombo Americano".
--"Dame todos los papeles".
Se los entregué, y ella los quedó viendo uno por uno, constatando el certificado de estudios del Colombo Americano.
Me preguntó en inglés: "Where do you gonna work?" Yo respondí enseguida. "I'm going to work in the main restaurant of the ship". Luego prosiguió en español:
--"¿Sabes qué comen los americanos?"
--"Por supuesto que sí, papas fritas, salsa de tomate, hamburguesas y perros calientes".
Ella sonrió y me dijo: "Okay, regresa dentro de tres días", y me dio una ficha para reclamar el pasaporte y visa. Atrás de mí, en aquel gran salón, había más o menos 200 personas sentadas y ninguna hacía el más mínimo ruido. Todos tenían sus ojos y oídos puestos en mí, en si me negaban la visa o si me la aprobaban. Pude observar que todos respiraron profundamente cuando observaron mi sonrisa de alegría, y sentí que aquel salón se lleno de optimismo por la aprobación que recibí.
Al llegar de vuelta a casa de mi mamá, a todos les dije que me habían aprobado la visa. Telefoneé a mi mujer y se lo dije primero, y luego a todos los demás que estaban en casa en ese momento.

Ya tenia todos los documentos. Debía viajar a Miami el 4 de enero. Fui a reservar el cupo en la Aerolínea American Air line o Avianca, y no había un solo cupo disponible sino hasta el 14 de enero.

Me rondó el pesimismo, di como 50 vueltas, pero al fin se me "encendió el bombillo" y llame al señor Sierra, el jefe de personal de la compañía, y le explique el inconveniente. Él entendió mi problema y me envió un fax con el texto de una nueva carta de trabajo con fecha de vencimiento para el 16 de enero, la cual remplazaba la primera. En todas las diligencias me secundaba mi mujer; llenándome de optimismo y dándome ánimo. Realmente era la razón la que trabajaba, pues mi corazón no se que- ría ir. Cada día que pasaba, lo contaba como menos mi corazón, y como más, la razón.

No era fácil tomar la decisión de irme dejando a mi mujer que tanto quiero en nuestro apartamento. Por tal motivo, mi suegra 'Chela' se mudó a vivir con nosotros al apartamento. Ella significaba para nosotros una buena compañía, pues sí ayudaba de verdad en todo a Gloria –mi mujer-- física y moralmente.

5

SUEÑOS RAROS
VISPERAS DEL VIAJE A EE UU
En el avión

Aquellos últimos días yo me puse muy nervioso, dormía poco, y cuando lo hacía, me sobresaltaba y a veces asustaba a Gloria, que me veía moverme de un lado para otro y hablar dormido. Ella me llamaba y me despertaba para que empezara a dormir de nuevo, y para que yo tuviera oportunidad de soñar una cosa diferente.

Había soñado aquellos días cosas raras. Recuerdo que soñé que iba en un bus urbano lleno de pasajeros, e iban muchos de pie. El bus se detuvo en una parada; allí se montaron más pasajeros, y vi uno que fue el personaje central de mi sueño: era un tipo negro con sombrero 'vueltiao', que llevaba un machete dentro de una vaina que le colgaba del hombro por debajo del brazo. Usaba pantalón de color kaki, enrollado hasta debajo de la rodilla. Llevaba abarcas viejas tipo '3 puntás' y camisa blanca mangas largas.

El hombre parecía no ser de la ciudad, sino de algún pueblo lejano. Alguien le pidió permiso para pasar porque el bus estaba tan lleno que no había espacio. Él medio se movió y quedo mal parado con un pie en el aire y casi colgado del pasamano. El hombre que venía saliendo apurado y aprisa --porque el bus ya lo estaba pasando del sitio donde tenía que bajar--, lo empujó y el negro casi se cae entre la gente. Con la bulla que se armó, el negro dijo: "no Joooda, ¿y así es que tratan a los turistas aquí?". Esa expresión me hizo despertar en medio de risas.

Otro día soñé que yo estaba en un pueblo, parecía Verde Esperanza, Yo estaba sentado en una silla en la parte de afuera de una fiesta de matrimonio, en una casa grande de techo de paja. Había mucha gente al frente de la casa observando la fiesta. Unos estaban sentados: esos eran los invitados. Muchos otros estaban de pie: eran 'los patos'.

El sancocho se estaba cocinando en una olla grandísima al lado de la casa. La música retumbaba por todos los rincones, todo el mundo estaba concentrado en la música 'champeta'. Yo no sé cómo ni cuando apareció, de repente, un burro 'jarocho' correteando a una burra por toda la calle en una loca carrera; él pretendía satisfacer sus instintos; y ella, huía despavorida de la tamaña 'puñalada' que la amenazaba. En su veloz carrera, los dos animales se llevaron por delante sillas, 'patos', invitados y sancocho; y allí, como para que todos fueran testigos de su virilidad, el burro alcanzó a su presa y la hizo 'suya'. Todo el mundo quedó regado por el piso con los ojos desorbitados, viendo tremendo espectáculo mientras la música no dejaba de sonar. Aquello fue impresionante, me despertó con mucha risa. Mi mujer de pronto pensó que me estaba volviendo loco, y en la oscuridad me preguntó: "bueno, ¿y a ti qué es lo que te pasa, ah...? "Nada, mi amor: sólo estaba soñando". "Carajo, tú sueñas raro" -dijo entre dientes-.

En nuestra casa teníamos un perrito miniatura 'Chihuahua'

muy juguetón y cariñoso, de noche solía dormir en nuestro cuarto en el tapete que estaba junto a nuestra cama. A cualquier hora del día o de la noche, estaba dispuesto a subirse a la cama a jugar con nosotros, realmente lo teníamos muy mimado.

Un día de esos que tuve esos sueños 'raros' antes de venirme a los Estados. Me acosté tarde y esa noche empecé a soñar con una "amazona". Era una mujer alta de porte de reina, vestida con poquísima ropa, con el ombligo descubierto al estilo "hawaiana", y que bailaba enfrente de mí en una discoteca a media luz y con mucho humo. Sus movimientos de cintura me ponían muy nervioso y ansioso. Ella bailaba al ritmo de un tambor que un mulato tocaba en una esquina sin cesar.

Cuando terminó la música de aquel tambor, ella se me acercó, me tomó de la mano y me llevó a su departamento donde había una cama grande con colchón de agua, muy suave, y allí me invitó a recostarme. Entonces comenzó a besarme por el cuello, la boca, la frente y el lóbulo de la oreja. Yo sentía su respiración agitada, su respiración jadeante como la de un animal en celo. Aquella situación de presión sobre mi cara y cuello me hizo abrir los ojos y, para mi sorpresa, tenía al perro sobre mi, lamiéndome la cara, el cuello, las orejas queriendo jugar. Sólo alcancé a decir: "vaya, qué linda sorpresa", y mi mujer, entre dientes y entre dormida dijo: "¿qué pasa mi amor?",

--"Quítame a este perro de encima" --le dije--. "Me ha babeado la cara".

Mi mujer lo regañó y el perro se bajó al tapete.

--"¡A dormir, carajo!" "¿Usted cree que a toda hora es pa' juego?" "Si sigue así, mañana

mismo lo amarro por una semana en la pata de la mesa".

"Nino" se bajó al tapete apenado y

yo quedé muy desilusionado y frustrado. Cerré los ojos tratando de reconstruir aquel hermoso

sueño, pues tenía la sensación fresca en mi cara de aquella "amazona", pero no lo conseguí,

 y terminé mirándole la cara al perro en mi ilusión.

En los días venideros, me hice al propósito de mantener el equilibrio. Incluso, fui donde el médico. Las pastillas que me recetó me tranquilizaron y me pusieron a dormir mucho cuando las tomaba.

Antes de viajar a los Estados Unidos, no faltó quien me advirtiera de todos los riesgos que se corren en los aeropuertos, así que tomé mis precauciones desde bien temprano.

Los días previos a mi viaje, me conservé callado y pensativo, de pronto un poco triste por lo que se me avecinaba. Viajar solo a otro país a trabajar, con otro idioma, otras costumbres y otra cultura, me ponía pensativo a ratos.

El día de mi viaje, me acordé del locutor Marcos Pérez

Caicedo, quién decía en su emisora "no hay plazo que no se cumpla ni fecha que no se venza", y el día de mi partida estaba allí, así que me duché y me alisté.

En la víspera, había hecho una gran maleta; metí en ella bastante ropa, zapatos, cuchillas de afeitar, interiores, crema de afeitar, betún, medias, camisillas, agujas e hilos que mi madre me dio. Ella también me recomendó que leyera todos los días los Salmos en una edición del Antiguo Testamento que me había regalado.

El día de mi partida fue un lunes. La noche anterior me había despedido con una enorme congoja de todos; de mi madre que se quedó llorando; de mis hermanos que me abrazaron y me desearon lo mejor; de mis primos, tíos y amigos; de mi padre, a quien iba a extrañar mucho; y de mi cuñada, que me deseó buena suerte.

En la mañana del día de mi partida, me despedí de mi mujer. Para mí fue doloroso. Creo que por todos lloré a solas frente al espejo sin que nadie se diera cuenta. Salí del apartamento rumbo al aeropuerto. Me acompañaron mi hermano mayor Iván y sus dos hijos. Eran mis queridos sobrinos con cara de inocencia y candidez. Recuerdo que Juan David, el menor, que no sabía qué era Nueva York, me pregunto: "¿tío, tú vas para Nueva York?" Respondí que sí, aunque en realidad iba para Miami. Sus palabras me quedaron grabadas y muchas veces retumbaron en mis oídos cuando tenía los ojos cerrados en la silla del avión.

Después de haberme chequeado y pasar todos los trámites, fui a la sala de espera. Casi iba llorando, tenía un nudo en la garganta. Me había tocado la ventanilla. Allí me acomodé a mirar el vació. Iba llorando, pero sin lágrimas en mis ojos; iba con los ojos perdidos, mirando no sé a donde; mi corazón lo sentía mas que mi razón, por eso lloraba sin que nadie me consolara. Sentí que yo mismo me miraba desde arriba, sentado en una silla del avión, triste, recostado a la ventanilla, melancólico, con el corazón en las manos, solo, callado, sin decir una palabra. A veces pensaba y las palabras se me salían solas con la voz quebrada, y tenía ese nudo en la garganta que no me abandonaba; me sentía como si estuviera pagando un castigo, pero ¿qué maldad había hecho yo? ¿Por qué estaba sufriendo así?. Nunca había sentido tanta tristeza y tanta soledad en el alma.

Cuando el avión empezó a corretear por la pista, yo sentí que me alejaba más y más, hasta que levantó vuelo. Al sentir aquel vacío, interrumpí mis pensamientos, volví a la realidad, me pellizqué para comprobar que no estaba soñando. Ya iba rumbo a Miami cruzando el océano Atlántico. A la media hora de vuelo, las azafatas ofrecieron almuerzos, bebidas gaseosas, café, agua, licores gratis para los pasajeros como en todo vuelo internacional; pero no tenía ganas de nada, sólo cerré los ojos y creo que pensé muchas cosas, en mi futuro y en el de mi mujer, en que yo ya era un hombre con mucha responsabilidad y que el dinero era fundamental para todo.

Pensé en mi madre y mis hermanos. Pensé mucho en lo duro que trabajó mi padre en los buses de la empresa Unitransco día y noche, diciembres completos, carnavales, días de fiesta u ordinarios: para él era igual, pues siempre fue muy responsable con sus hijos y con su esposa. Sé que a veces trabajaba sudoroso bajo la lluvia y se resfriaba, y seguía trabajando así, enfermo, para sacar a su familia adelante; no se arrugó ante nada a pesar de muchas limitaciones y adversidades.

Fue muy duro todo aquello. Mi padre dio mucha cátedra a sus hijos de cómo se trabajaba: Ese ejemplo únicamente lo dan los buenos padres. Cuántas cosas no traía mi padre para complacer a sus hijos: a veces traía juguetes de cualquier clase, lo que era más meritorio si se tienen en cuenta las limitadas posibilidades económicas en que mi padre trabajaba.

Si yo he hablado de mi padre, también lo haré de mi madre, que nunca se quedó con los brazos cruzados, pues mi madre, Raquel, heredó de mi abuela el esfuerzo, el trabajo duro, el salir siempre adelante honestamente con base en el tesón, en levantarse diariamente temprano y acostarse tarde, con carácter y temperamento para los negocios, en ir construyendo el futuro de sus hijos día a día, enseñándoles que a base de trabajo se consigue un mejor vivir.

Mi madre tenía una microempresa de repostería en general. Ella fabricaba cocadas de leche, cocadas de ajonjolí y de papaya; hacía arepas de maíz y de otras cosas. Ella tenía unos 6 vendedores a su cargo, que le vendían toda la pastelería, las arepas de maíz etc. Después de la dura jornada diaria, ella les liquidaba y les pagaba las comisiones sobre las ventas. Diariamente mi madre sabía cuánto eran sus ganancias. Fue muy duro trabajar cerca del fuego y cargar cosas muy pesadas, sin renunciar nunca a pesar de estar muchas veces enferma con resfriados o dolores en la cintura. Todo aquello fue un gran ejemplo que no se aprende en ninguna escuela, sino en la misma casa al lado de nuestros padres.

Recostado a la ventanilla del avión, también pensé en mi mujer que quedaba casi sola, también sufriendo al lado de mi suegra, que era su mejor compañía, estando yo ausente. Pensé en nuestra situación que no habíamos podido tener hijos y ya llevábamos casi cinco años casados, y después de tantos exámenes ginecológicos a mi mujer, algunos muy dolorosos, después de tantas consultas pagadas, solo un medico me había dicho que el camino seguro era la cirugía para corregir el útero en retroversión; pero mi gran barrera era que no tenía suficientes ingresos para pagar los gastos de esa cirugía que en total ascendía a unos dos millones de pesos que yo no tenía.

Yo siempre usaba buenas camisas y pantalones de calidad; me gustaba vestir a la moda y bien; pensaba algún día tener un computador y una gran cuenta de ahorros y mi negocio propio; comprarle una casa a mi madre; y que a mi padre nunca le faltara en el bolsillo dinero para sus chucherías, cigarrillos y juegos de lotería. Me daba miedo pensar en vivir muy pobre, sin trabajo y sin esperanzas. Deseaba un futuro económicamente bueno, tanto para mí como para mi familia. Así que iba en el camino correcto, sufrido, muy sufrido, pero creo que era el que necesitaba.

En pensar, pensar y pensar me quedé dormido, hasta cuando oí la voz del capitán del avión, diciendo que volábamos sobre Cuba, después sobre Jamaica, y se veían las islas en el mar. Cuba se veía montañosa y muy grande en comparación a las demás.

Cerré mis ojos y creo que dormí hasta llegar a la Florida, llené el papel de aduanas y el de inmigración, y volví a recostarme pensando en la novena que le había hecho al Divino Niño para que me concediera tres deseos:

El primero que mejorara la salud de mi madre, que en esos días era muy precaria y

Sufría mucho con los dolores en la espalda que le daban. Yo sufría calladamente por

 eso; El segundo deseo fue conseguir un contrato para trabajar en los Estados Unidos; el tercero, tener rápido un hijo.

Por esas tres cosas básicas hice la Novena con mucha devoción al Divino Niño. También le recé para que me diera los medios para comprarle una casa a mi madre y para tener mi propio negocio.

Ya iba a aterrizar en Miami y seguí pensando que iba a un mundo distinto. Yo iba preparado y muy pendiente de todo y con ganas de confirmar lo que me habían dicho, que las casas todas eran rojas; pero al llegar a la ciudad pude constatar que eso era falso: todas las casas eran de diferentes colores y el rojo era un color más.

La novena al Divino Niño la había hecho un año atrás y la segunda petición ya era una realidad, ya estaba en los Estados Unidos y podía ver como ondeaba la bandera con las 50 estrellitas. Otras peticiones llegarían con el tiempo, y las otras, seguro que van a llegar.

6

EN EL AEROPUERTO DE MIAMI
En camino al hotel
En el hotel

Al salir del avión al aeropuerto, primero caminamos un largo trecho y luego fuimos por escaleras que estaban pegadas al piso y que nos llevaban más rápido. Al fin llegamos a una parada a esperar un tren que nos llevaría las oficinas de inmigración en el mismo aeropuerto. Había alrededor de 20 ventanillas con oficiales revisando cada pasaporte y visa y demás documentos de cada pasajero. A esa misma hora había llegado gente de Jamaica, de Europa, de Suramérica, en fin, de cualquier parte del mundo, y estaban allí también haciendo la fila.

Al tocarme el turno a mí, el oficial de inmigración me pregunto en inglés:

--"¿Adónde va usted?"

--"A trabajar en un crucero".

--"¿Es la primera vez que viene a Estados Unidos?"

--"Sí, es la primera vez".

--"O.K., espere un momento".

Enseguida llamó a 2 tipos vestidos de civil, uno de acento cubano me preguntó:

--"¿Es la primera vez que viene a Estados Unidos?"

--"Sí, es la primera vez."

--"¿Adónde te vas a quedar?"

--"En el Fairmont hotel, en Miami Beach: es el hotel de la compañía."

--"¿Cuánto traes de dinero?"
--"Sólo cien dólares".
--"¿Te parece poco dinero?"
--"No, no creo".
--"Qué bonitos zapatos tienes. ¿Dónde los compraste?"
--"En Barranquilla, por sólo 20 dólares".
--"Quítatelos y muéstramelos".
Yo me los quité y se los mostré. Yo sabía que estaban buscando drogas en mis zapatos. Los doblaban y decían muy serios que era de buena calidad. Me miraban a ver si veían nerviosismo en mí. Luego, cuando se dieron cuenta que yo les decía la verdad, me mandaron a otra oficina de inmigración. Allí había más de 50 personas sentadas esperando que las llamaran a una por una para confirmar sus documentos.

En mi caso llamaron a la compañía y de allá les enviaron un fax confirmando mi llegada ese día, con mi nombre completo, número de pasaporte y visa. De allí me fui a recoger mi maleta, después la fui a chequear en aduanas. Yo no traía licores, ni cigarrillos ni nada por el estilo. Me hicieron abrir la maleta me la revisaron dos tipos minuciosamente. A la crema de manos que llevaba, le pusieron una maquinita electrónica para identificar de qué estaba hecha. Después de largo rato de requisa y preguntas, me dijeron que podía salir. Cerré nuevamente mi maleta y por fin salí a la calle. Ya estaba en Miami, eran aproximadamente las 3 de la tarde del 16 de enero de 1993. El sol era radiante, pero sin embargo lloviznaba. Recordé que en mi infancia cuando lloviznaba con el sol caliente, era porque se estaba casando una pareja de viejos. Tomé un taxi para que me llevara al Fairmont hotel en Miami Beach. A través de la ventanilla del taxi miraba a la ciudad. Era muy limpia y con inmensos bulevares, que tenían muchas plantas ornamentales de diferentes colores y palmeras bien cuidadas en las autopistas y que ofrecían un hermoso paisaje con el mar de fondo. Había puentes elevados bien construidos con mucha armonía y belleza; no se veían huecos en las calles, ni pobreza, ni espacios pequeños. Todo se puede ver amplio, limpio y bonito en una ciudad de fantasía.

Al llegar al hotel, pagué 22 dólares. Me pareció cara la carrera. Entré al hotel. Había gente de todas partes y en gran numero. Eran alrededor de 70 personas entre hombres y mujeres, blancos y negros, indios y amarillos. Yo iba -- digo yo-- bien vestido: mis zapatos eran de cuero de cocodrilo hechos en Colombia, camisa de mangas largas, una de las mejores que tenía; y el pantalón era de muy buena calidad hecho en Medellín.

Me vieron entrar como si yo fuera un turista. Yo llevaba gafas 'Rayban' clásicas, una maleta grande Sansonite, y en mi espalda un morral con mis documentos, pasaporte, contrato, etc. Sentí que todos me miraban curiosamente, no como uno más que venía a trabajar, sino como un turista de barco.

Todos sabían que yo era nuevo; mejor dicho, novato. Yo no lo sabía todavía, parecía un ejecutivo de banco. Al entrar, saludé y dije en Español: "Buenas tardes", como si estuviera en Barranquilla; luego pensé "es good afternoon, ya estoy aquí y tengo que empezar a cambiar muchas cosas".

Llegué al mostrador, entregué mi pasaporte y visa, el contrato de trabajo, mi documento de inmigración o el 1-95. Me asignaron una habitación donde ya habían 3 colombianos más. Al yo llegar, en el mostrador me hicieron entrega de unos recogedores de materiales fecales y orina para los exámenes médicos del día siguiente.

Desde mi llegada, me preguntaron otros marinos que para qué barco iba, y yo sin saber respondí:

"parece que voy al "Britannia Star". "¿Al Britannia Star?" fue su sorpresa y la mía también porque yo no sabía la razón por la que ellos se sorprendían cuando yo dije que iba al "Britannia Star". Y yo repetía "sí, al Britannia Star". El nombre me parecía bonito, sonaba a algo importante, parecía como si uno de estuviera refiriendo al Titanic.

Ellos, paisanos míos, me dijeron:

-"Mira paisa, ese barco sí que es un castigo, mi hermano. No te vayas a asustar, pero ese barco es una lacra, es un viaje de cucarachas en alta mar. Imagínate que si tú estás durmiendo, las cucarachas se te van a la cama sobre ti, andan por todas partes, hasta en las comidas las encuentras. Te sigo contando porque yo trabaje allí: las cabinas son para seis u ocho personas, mezcladas sin distinción alguna, hondureños, jamaiquinos, filipinos, europeos, en fin, no es como uno quisiera. Uno quisiera, por ejemplo, hondureños con hondureños, filipinos con filipinos o jamaiquinos con jamaiquinos en la misma cabina. ¿Te puedes imaginar unos fumando, otros hablando, otros oyendo música? ¿y los que están durmiendo, roncando, con malos olores por doquier como a 'pecueca' mezclada con humo de cigarrillo? Las cabinas no tienen baño o ducha individual. El servicio siempre está afuera, y es menester levantarse una hora antes para tomar la cola porque hay que hacer una cola para bañarse o ducharse. Y los inodoros nunca están limpios. Al contrario, siempre están repletos de mierda con cucarachas y gusanos. Mi hermano, el trabajo es duro y nunca terminas. Por supuesto que el área de pasajeros es muy diferente. y ellos casi nunca se dan cuenta de nada, al fin y al cabo por ellos es que trabajamos y hay que mantener todo en orden y limpio; sus cabinas no pueden ser mejores, muy bonitas y aseadas y cómodas, con su baño individual cada una, y las cucarachas saben que en estas áreas está prohibido pasearse"."Para la tripulación no hay ascensores, sólo escaleras, oscuras, estrechas y empinadas, donde uno tiene que tirarse al hombro diariamente mesas, sillas, bandejas de comida, cajas de frutas, etc.".

"Paisa, te recomiendo que el día que salgas en lista para ese barco no te presentes". ¿Cómo así? pregunté yo. "Hombre, que si sales, por ejemplo, en lista para embarcarte el sábado a las 9 a.m., es mejor que ese día te vayas del hotel. Déjalos que se vuelvan locos buscándote o preguntando por ti; que ellos, al no encontrarte, te reemplazarán por otro tripulante. Después de que todo pase, te "romperán los huevos", o sea, te reclamarán por tu ausencia y te amenazarán con mandarte de vuelta a casa, pero hasta allí, y al cabo de unos dos o tres días, te embarcarán en otro barco diferente y, por supuesto, mucho mejor".

Al escuchar todo aquello, antepuse mi sentido de responsabilidad, pero como siempre he sido optimista, albergué la esperanza de no caer en ese barco.

Ese día, después de cenar, salí a dar una vuelta y tenía pensado comprar una tarjeta telefónica de 10 dólares.

Me habían recomendado que comprara una de marca Comitex, con la que yo podría hablar 23 minutos a Colombia, porque con las demás apenas alcanzaría a hablar tan solo 18 minutos por el mismo precio ya que siempre le aplicaban 'la mafia' a quien las usara.

Hay tantas tarjetas en el mercado para escoger que por primera vez no sabía cuál podía fallarme, así que ya había hecho mi elección y me dispuse a llamar a casa de mi madre primero, así que marqué: 1 800 22425 25, enseguida una grabación me dijo: "gracias por usar los servicios de Comitex. Ahora marque el numero de identificación (de la tarjeta)". Por supuesto marqué: 345 678 90, enseguida la grabación, "si va hacer una llamada internacional, marque 011, el código del país, el código de la ciudad y el número al que desea llamar". Yo marque: 011-57 –53- 3475451, enseguida la grabación, con voz de mujer: "esta tarjeta le permitirá hablar por espacio de 23 minutos".

Espere un rato, timbró tres veces, nadie lo contestó, así que pensé que me había equivocado al marcar. Entonces decidí marcar otra vez los mismos números, enseguida la grabación con voz de mujer: "sólo le quedan 7 dólares, esto le permitirá hablar por 18 minutos". Me pregunté, "pero ¿qué pasa? si no he hablado nada". Seguí esperando con el teléfono pegado a mi oreja. El teléfono sonó ocupado, así que colgué. Al cabo de varios minutos, volví a marcar los mismos números, la grabación: "sólo le quedan 5 dólares, esto le permitirá hablar por 12 minutos". "Qué robo descarado, y todavía no he hablado y voy a perder los 10 dólares, qué descarados..." Esperé un rato, marqué de nuevo y seguía ocupado. Volví a esperar, esta vez un rato mas largo, quizás unos 15 minutos, y volví a marcar, la grabación: "sólo le quedan

cuatro dólares, esto le permitirá hablar por 6 minutos".

"Ahora sí me fregaron, pensé" esperé en rato, empezó a sonar. tú.. Tú. tú... Alguien contestó, eso me dio mucha alegría, era mi papá".

--¿A ver... quién habla?".

--Hola, ñatico, soy yo, Armando--. Yo lo oía, pero él no me oía a mí.

--Aló... aló... aló. ¿Quién será? Raquel, ven a coger éste enre'o--' decía. Y yo como un loco gritando:

--Papi, te habla Armando, desde aquí de Miami--, y él allá decía:

--No oigo nada, y no sé quién será el marica que está mamando gallo. Hay alguien ahí, pero no dice nada-- Yo oía a mi mamá que decía: "de pronto es Iván, que es al que le gusta poner cebo", y tiró el teléfono. Volví a marcar. La grabación: "sólo le quedan 3 dólares, esto le permitirá hablar por 3 minutos", "¡qué ladrones! se perdieron los 10 dólares", pensé, y esperé un rato. El teléfono sonó tres veces, alguien lo cogió:

--¿A ver?-- Era el ñatico (mi papá) otra vez

--Papi, te habla Armando de aquí de Miami.

--Hola mi'jo, ¿Cómo te fue en el viaje?¿Cómo estás?"

--Bien, bien, papi, hasta ahora todo bien.

--¿Cuándo te embarcas?.

--Todavía no sé... Papi, pásame a mi mamá—

Enseguida se escuchó la grabación: "solo le queda un minuto". El ñatico, del otro lado, gritaba: " ¡ Raquel,

Raquel, apúrate: es Armandito!". Escuché por el teléfono las chancletas en el piso, era mi mamá:
--¡Hola, mi'jo, ..”--tú... tú... tú... se acabó el minuto y se acabaron los 10 dólares. Enseguida la grabación, "gracias por utilizar nuestros servicios: Si tiene otra de nuestras tarjetas, vuelva a marcar el mismo número”. Sentía que aquello era una burla, un robo descarado, aquellas palabras, "vuelva a marcar el mismo número” me quedaron sonando en mi cabeza. Me dije: jamás te volveré a comprar, púdranse en los estantes y que las polillas y los comejenes acaben con esa mafia y corrupción”. No pude hablar bien con nadie y perdí 10 dólares, ¿y si compraba otra marca de tarjeta? Pero me dijeron que pocas son las buenas y que uno se da cuenta de las buenas sólo comprándolas hasta que uno se dé cuenta cuál es la precisa.

Esa noche me acosté tarde, primero fui a caminar por las tiendas de South Beach. Después de ver tanta tienda de artículos electrónicos, me fui directo al cuarto a ver televisión. Estuve viendo noticias en español, pero de Colombia no apareció ninguna buena, todas hablaban de guerrilla, voladuras de oleoductos, por un lado; y narcotráfico por otro lado: qué noticias tan desagradables se ven de Colombia aquí. Esa noche primera noche fuera de casa en el exterior, fuera de mi país, a kilómetros de distancia entre cuatro paredes, a las 11 p.m. apagué el televisor para irme a descansar.

Primero recé por todos, por mi mujer, por mi mamá y papá, por mis hermanos, por mis amigos y por mí mismo y por la paz de Colombia que todos necesitábamos. Despúes traté de conciliar el sueño y sentí que no dormí muy bien, creía que estaba en mi casa, era un sueño por encima, no era profundo. A veces hablaba solo y se me despertaba en la semioscuridad y no sentía a mi mujer a mi lado. Me preguntaba: "¿a donde estoy yo?" hasta que así, entre dormido, recordaba que ya estaba en Miami, y volvía a la realidad y yo mismo me respondía: "estoy en el hotel de la compañía en Miami".

Sentía nostalgia mucha nostalgia. Me levantaba, iba al baño, orinaba, me miraba al espejo y me dolía haber dejado todo y venirme solo a trabajar. Me sentía raro, meditaba, y volvía triste a la cama a tratar de seguir durmiendo hasta el día siguiente.

7

DIA DE EXAMENES MEDICOS

A la mañana siguiente me levante a las 7, me duché, me vestí, no desayuné porque ese día me iban a hacer los exámenes médicos, tomé las muestras y me fui a esperar al lobby del hotel. Allí había conmigo unas 40 personas de diferentes nacionalidades, esperando que llegara el bus que nos iba a llevar a donde el médico. Muchas personas hacían bromas para pasar el rato y olvidar la tensión y los nervios. Recuerdo que decían que el médico era marica y encueraba (desnudaba) a los hombres y les agarraba el pene entre las manos, y si el tipo lo tenía grande, lo invitaba a salir a solas y si él no aceptaba, enseguida ponía en el informe médico que el tipo padecía algún problema y no estaba apto para trabajar. Otros también bromeaban diciendo que el médico hacia desnudar al tipo y le ordenaba que permaneciera de pie, pero que llevara la cabeza casi hasta el piso, luego le metía el dedo índice en el recto y le hacía decir "treinta y tres" varias veces. Aclaraban que el dedo índice del doctor era bastante largo. Muchos se tomaban en serio las bromas y se ponían más tensionados y nerviosos y preferían ser los últimos en la cola pensando en lo que algunos habían dicho.

A las 9 a.m. llegó el bus que nos llevaría a donde el médico. Después de chequearnos, fuimos subiendo al bus. Por suerte fui uno de los primeros, así que tomé la ventanilla del bus. Cuando al fin salimos rumbo al médico, comencé a disfrutar mirando las calles limpias, los bulevares bien adornados, los puentes bien construidos, los carros de cualquier marca último modelo, las limosinas lujosas, el mar azul, los barcos de turismo donde yo iría a trabajar muy pronto fondeados en el muelle turístico, las palmeras a lo largo de las avenidas, el orden y la armonía de esta ciudad.

Al llegar a la clínica, habían 2 ó 3 médicos para las diferentes pruebas. Me di cuenta de que lo primero que los tripulantes buscaban con la mirada era al médico mulato de quien decían era "culero". Al fin todos lo vieron: era un tipo alto, grueso, de color negro como el azabache, casi azul, diría yo. Iba vestido de blanco desde los zapatos, con bata y camisa blanca; parecía una mosca en un vaso de leche. Yo lo miraba detenidamente, detallándolo sin que él me mirara, tratando de encontrarle la 'mariconería', pero nada: sólo veía a un tipo decente de muy finos modales, cortesía y cordialidad con todo el mundo, pero no se le veía la 'caída'. Pensé que eso era 'pura paja', tal vez lo confundieron por sus finos ademanes y su cortesía para con todo el mundo, o simplemente era pura "mamadera de gallo" para sacarle jugo a la situación de nervios de muchos y tener un motivo para reírse de los más pendejos.

Fue un día duro y largo. A todos nos sacaron bastante sangre para las diferentes pruebas, cuando terminaron de hacernos los diferentes exámenes médicos, nos llevaron de regreso al hotel a almorzar casi a las tres de la tarde.

Después del almuerzo, me acosté a descansar. Pensé mucho en la familia, en mi mujer, en mi madre, en todos. De tanto pensar, lloraba sólo frente al espejo y mis lágrimas caían al piso. Eran gotas abundantes y saladas; yo mismo me consolaba dándome consejos.

Como a las 6 p.m., me fui a caminar cerca de la playa a ver las gaviotas que revoleteaban por el aire y el inmenso mar que llegaba a la playa. Caminaba para relajarme, a tratar de disipar mis penas.

Desde ese día, se me quedó grabado algo que era repetitivo en hotel: todos los días, a las mismas horas de la mañana, se escuchaba por los 'speakers' o bocinas: "señora Magali, venga a recepción", "señor Novoa, tiene llamada", "Míster Novoa, come to the front desk". Eso era diario, y era tan persistente que yo en las calles, por donde fuera caminando o en el down town, oía las mismas palabras "Señora Magali venga a recepción", "Señor Novoa, tiene llamada", "Mister Novoa, come to the front desk".

El tiempo empecé a contarlo desde que llegué a Miami, minuto a minuto, hora tras hora, día tras día. Yo contaba el tiempo y mi reloj era mi aliado. Quería que el tiempo pasara rápido e irme a casa donde me querían y no sentir más nostalgias.

En los días que estuve en el hotel esperando salir programado, en los ratos en los que no había reuniones acerca de la sanidad a bordo de los barcos y acerca de la clase de servicios que se debían dar a los turistas, los aprovechaba para ir a conocer; fue así como fui al Parque que rinde homenaje a los seis millones de judíos asesinados por Hittler en campos de concentración. Aquellas estatuas de niños desnudos, mujeres y ancianos pidiendo ayuda y auxilio sin que nadie les diera la mano, fotografías de pilas de huesos humanos, y tanto dolor expresado en aquel parque, fue duro para mí y para los amigos que me acompañaron a visitar aquel lugar de tristeza.

También íbamos en las tardes a ver jugar fútbol o a jugar un poco en una cancha que quedaba en un polideportivo que estaba cerca y nos podíamos ir caminando.

8

MI PRIMER DIA EN EL MAJESTY

Departamento de sanidad de los Estados Unidos
Entrega de uniformes de trabajo

El día viernes, a la semana de estar en el hotel, salí programado para ir a trabajar no en el "Britannia Star", sino en el "Majesty". Iba a trabajar como Utility Snacks. Me explicaron la clase de trabajo; no era difícil: al contrario, era sencillo. Lo duro era el número de horas sin parar.
Era muy excitante ir a trabajar por primera vez a un barco crucero. Yo estaba un poco nervioso, pues de ahora en adelante, iba a conocer nuevas personas de todo tipo e iba aprender un nuevo trabajo. Por lo menos ya sabía de antemano que no iba a realizar labores de aseo general; sabía que iba a trabajar con pasajeros en un área lujosa donde ellos mismos se servían la comida, en un sitio que era un buffet tanto en el desayuno como en el almuerzo. También se atendía a las cuatro de la tarde una especie de 'coffe time o tea time', con galletitas y dulces y sánwiches que ellos tomaban de las líneas a su gusto, y nosotros, los que estamos encargados de atender la línea del buffet, siempre debíamos surtir dónde hiciera falta. Lo que sí me preocupaba un poco era el número de horas de trabajo durante el día, pues no eran las 8 horas normales que trabajamos legalmente en Colombia, sino el doble, 15 ó 16 horas diarias; sin embargo, ya me habían dicho que si trabajaba sin 'arrugarme' al trabajo, en muy poco tiempo me iban a cambiar a otra posición donde iba a trabajar un poco

menos e iba a ganar 3 ó 4 veces lo que ganaba allí; pero siempre y cuando no fuera 'una caja de pollos' (chillando... todo el tiempo. Me preocupaba que yo me fuera a ganar de entrada solo 500 dólares. Para mí era un salario paupérrimo, pues, en Colombia se los podía ganar cualquiera vendiendo periódicos en un mes, y yo, había hecho un esfuerzo tan grande para venir a trabajar a los Estados Unidos por un salario tan bajo.

La Van de la compañía nos llevó ese día viernes al "Majesty". Era un barco nuevecito y lujoso. Seis meses atrás lo habían echado al agua en Finlandia por primera vez. En la puerta de entrada del barco o gang way, estaba el Food Manager o el Jefe del Departamento de Comidas --no el chef, que era el encargado de la cocina--, y estaba acompañado de su asistente, un colombiano de Barranquilla Colombia, de mi misma ciudad. El Food Manager, un canadiense alto, no muy alto, llamado Gerard Rosen -- Mister Rosen, nos recibió no con una cordial bienvenida, sino muy serio y con modales muy ordinarios. Con el tiempo me fui dando cuenta que muchos de ellos creen que los que hablamos español somos unos ignorantes, retrasados y sin ninguna educación, y que ellos son los inteligentes, los que saben todo. Cuando el tiempo fue pasando, me di cuenta que este Food Manager era un perdedor, pues a los tres meses de estar allí, perdió lo que ningún barco que trabaje en los Estados unidos se puede dar el lujo de perder: el examen de sanidad que le hacen al barco las autoridades de Sanidad de los Estados Unidos: La USPH o UNITED STATES PUBLIC HEALTH.

El Food Manager de cada barco está en la obligación de hacer un programa completo de sanidad. Este programa incluye muy importantes temas, como manejo y almacenamiento de comidas o productos ya preparados que deben cumplir con las normas mínimas de sanidad, como por ejemplo, si se trata de comidas frías, como ensaladas, salsas para ensaladas, deben estar almacenadas en refrigeradores a una temperatura que no exceda de 40ºF (7ºC); o si se trata de comida que pertenezca a la cocina caliente, como carnes de res o pescados, ya preparados, deben estar a una temperatura mínima de 140ºF(60ºC. También incluye este programa temas acerca de la higiene personal de todas las personas que trabajan a bordo; el uso de guantes plásticos para todas las personas que manejan comidas y elementos que se utilizan para comer, como losas, y platería en general. Este programa involucra a sus asistentes, al Chef y a los sous chefs, a los cocineros en general, al Maitre 'd' y sus asistentes, a los waiters y busboys, al personal que trabaja en las áreas donde siempre hay buffet, a los cleaners en general. La limpieza y sanidad de cada área es sagrada. Somos seres humanos y se cometen errores, pero el día que el barco está en un puerto americano, los errores se pagan muy caros,

¿cómo así? Muy sencillo: a usted, que es cocinero, por ejemplo, desde el mismo momento que entra a trabajar al barco tiene que someterse al programa de sanidad para el bien de todos. A usted le hacen entrega de folletos con información de sanidad: que debe usar siempre guantes plásticos desechables en las áreas de trabajo, y si usted por su propia cuenta decide no usarlos, entonces usted esta contradiciendo las políticas de la compañía en lo que a sanidad se refiere; y si a usted lo 'pilla' un jefe o un supervisor, este error usted lo paga muy caro, ¿cómo lo paga?. Le pueden hacer firmar un memorando de llamada de atencion, o lo que en los barcos llamamos comúnmente un "warning" En los barcos también existen programas de días libres o, mejor dicho, no son días completos, sino horas libres en el mismo momento en que los demás están trabajando estas horas libres. Por ejemplo, de 10 AM a 5 p.m. en la ciudad de Nueva York o en Miami o en la isla Bermuda es muy relajante, su error lo paga simplemente ese día. El Maitr´d le puede cancelar su day off o lo pone a trabajar en un horario adicional, si usted es un Waiter o Busboy o por ejemplo si su horario normal es durante el día y no le corresponde a usted trabajar buffet de medianoche, tal vez por su error usted aparezca programado ese día a trabajar también midnigh buffet.

Volviendo al tema, nuevamente el "Majesty", un barco nuevo, brillante por donde se le mirara, había perdido el examen de Sanidad. Aquello era inconcebible. Sacó un puntaje bajísimo, algo así como 84 puntos y debía tener como mínimo 90 puntos. Al Food Manager, Mister Gerard Rosen, y a sus asistentes, la compañía los mandó "como incentivo" y como regalo especial, a trabajar al Brittania star "a matar buena cucaracha" para que se educaran.

Un día viernes del mes de enero de 1993, nos llevaron al "Majesty". Iban en la misma Van unas 12 personas entre mujeres y hombres, chicas bien bonitas Europeas a trabajar en el bar. El resto de hombres, a trabajar en diferentes áreas, unos en el comedor principal, otros en limpieza general, y otros en el 'lido' o en el área de buffet.

Al ingresar al barco, nos guiaron a un recinto que generalmente lo ocupan cada vez que alguien se viene a embarcar: era el bar de la tripulación o crew bar. Estaba dotado de sillas y mesas; era un sitio amplio, con equipo de sonido y pantalla gigante para ver películas o televisión. También en ese sitio, una vez a la semana, se juega bingo y se hacen remates de mercancías como perfumes, camisetas, relojes a un menor costo para la tripulación, algunas veces.

EL Majesty era un barco distinto a los demás, hecho con materiales de primera calidad, lujoso por todas partes.

Constaba de 10 pisos más una área para tomar el sol (sunny área.)

En el piso 10, tenía una bonita piscina, con Jacuzzis, rodeado por sillas blancas con sus respectivas mesas para tomar el desayuno o el almuerzo, o simplemente para tomarse unos tragos, oyendo la banda musical tocando calipso, reggaee o socca.

Los diferentes bares que tenía el barco, como el Rendezvous, el Panorama o Royal Observatory, eran también hermosos, hechos de madera tallada y machimbre de primera calidad. El teatro o el Palace Theatre era inmenso y muy bello, dotado de pantallas grandes; presentaba un juego de luces y humo extraordinario durante las presentaciones; la silletería era bien abollonada y de un material fino traído de Italia; estaban acomodadas de tal manera que las personas de la fila de atrás no quedaban en la misma línea que las personas de adelante, y además, el piso era más alto en la medida en que iba hacia atrás, para permitir más comodidad al ver los espectáculos. El bar de la tripulación también era muy organizado, tenía sillas, mesas y una gran pantalla para ver películas, deportes o shows musicales en video. Las cabinas para la tripulación eran sólo para dos personas o para tres. Eran muy limpias, con cortinas lujosas, y camas que también podían usarse como sofás de acuerdo con la situación. Tenía un solo comedor, amplio, donde podían caber, en cada turno, 650 pasajeros, con sofás y sillas muy cómodas, con todo su confort. El escenario incluía un piano en todo el centro. El cuarto de lavadoras de la tripulación era muy bien cuidado. Había una 20 lavadoras automáticas y máquinas secadoras también automáticas. También había unas 6 mesas para planchar la ropa ya lavada y secada. En el barco, los tripulantes eran unos 400 en total.

El yeoman --que es la persona encargada de recibir a los nuevos tripulantes-- me tomó todos los datos, me entregó un carné de identificación, un chaleco salvavidas con un folleto informativo de la supervivencia en altamar en caso de una emergencia, y la llave de la cabina que me asignaron. Después del lleno de estas formalidades, a todos nos llevaron donde el sastre para que nos entregara las sábanas, cobija de la cama, toallas, papel higiénico, jabón y uniformes para trabajar. A mí me entregaron el uniforme, que era una camisa de mangas largas, color blanco con vivos azules en el cuello, tipo cuello en 'V' talla 'M', pero quizás pensaron que iban para 'tierra de gigantes' porque la camisa me quedaba muy ancha y larga: yo parecía un "espantapájaros". Y la talla 'S' era lo contrario, quizás la hicieron pensando en la 'tierra de los enanos' porque me quedaba muy apretada y chiquita. El pantalón que tenía mi talla 32 parecía talla 34 ó 36, porque era tan grande como una bolsa para recoger mangos.

Así que el 'de-sastre' como dicen a estos tipos de los barcos a los cuales les hacen entrega de una maquina de coser, hilos y tijeras "y defiéndase mi hermano que a partir de hoy usted no es mas "cleaner" sino sastre, pegue botones y arregle dobladillos de pantalones y haga entrega a cada tripulante de su respectivo uniforme y a "mamar gallo. Viéndolo bien, el uniforme era bastante "fúnebre". Así que al poco tiempo cambiaron la camisa blanca con vivos azules por otra de la misma calidad, pero color crema y con unos botones dorados. Después de medírmela frente al espejo, concluí que realmente parecía un payaso, ¿y qué iba yo a decir? Ellos --los jefes-- decían que era preciosa y era la adecuada; así que no hubo mas remedio que a trabajar como quien va para un circo.

9

DIAS DE SPECIAL CLEAN
Primera semana de trabajo
Evocaciones del pasado
Término del primer contrato

Al día siguiente empecé a las 5 en punto de la mañana; actuaba como por inercia: no sabía qué iba a hacer; nadie me explicaba nada. Trataba de ayudar a todo el mundo, pero a nadie le importaba si lo ayudaba o no. Había en aquella área cerca de 14 personas trabajando y cada cual concentrado en su propio trabajo individual que, en el fondo, era un trabajo de conjunto para abrir a tiempo un bufete de desayuno, que debe ser puntual: 15 minutos antes de las 7 a.m. aunque el programa diga que empieza a las 7am en punto.

Después de que se abrió a las 7 en punto, el chief medio me explicó el puesto que iba a desempeñar. Ese día terminé a las 7 de la noche. Fue una jornada larga y sin descanso; sólo al desayunar y al almorzar nos daban 30 minutos, pero el resto de la jornada "a trabajar y no se queje". Todos los días era la misma rutina de 12 a 14 horas. Fue muy duro al comienzo, pero si yo pensaba que aquellos días habían sido duros, estaba equivocado porque los días realmente duros son los de la víspera de un puerto americano, ya fuere Key West, Miami, Boston, Puerto Rico o Nueva York, pues había que hacer, ese día, algo que está contemplado en los programas de sanidad de los barcos de turismo: 'Special Clean', que consiste en hacer una limpieza no general, sino especial, siguiendo los line amientos del programa de

Sanidad; o sea que al proceder usted a limpiar un área, debía utilizar el sistema de '3 bucket system' en el cual se emplean tres tipos de baldes de diferentes colores de la siguiente manera:

-Un balde de color rojo, con agua y jabón, más un trapo blanco limpio para lavar el área a limpiar.

-Un balde de color gris, solamente con agua, a una temperatura entre 90 y 120 grados Fahrenheit para enjuagar el área que se ha lavado en el primer paso.

-Un balde de color blanco, con agua a una temperatura aproximadamente a 90 grados Fahrenheit y un poco de cloro (100 partes por millón) con un trapo de color blanco para desinfectar el área que se ha enjuagado; así, de esta manera, el área debe quedar inmaculada, sin manchas, ni bacterias, ni virus, ni nada por el estilo; pues el cloro en esa determinada cantidad aniquila, mata cualquier asomo de bacteria en dicha área.

Estos trabajos de 'especial clean' son, después de haberse ejecutado, chequeados por un asistente del 'food manager' que casi siempre no le creen a nadie de que aquella área este ya lista para chequear, pues ellos nunca están presentes cuando la limpieza esta en proceso, sino que se aparecen media hora después de que las personas han terminado el trabajo y estas cansadas de esperar. Entonces los asistentes aparecen diciendo que "ese tornillo todavía está sucio, busca un destornillador, suéltalo y límpiale la corrosión y vuélvelo a colocar"; "Quítale el caucho al refrigerador y límpialo que está sucio, y pónselo otra vez".

Así que este trabajo se prolonga por mucho tiempo. Estos asistentes usan una linterna de mano y palillos de dientes para mirar y hurgar en los más recónditos rincones de aquella área. Es aquí donde más de uno "maldice", la hora de haber venido a los barcos; donde a los asistentes del "food Manager", les mientan la madre una y mil veces.

Un árbitro de fútbol les queda chico ante la cantidad de palabras gruesas que usan: "el hijo de la gran puta", dice los hondureños"; "el malparido", dicen los cachacos; los hindúes usan palabras de su propio lenguaje y que los latinos han aprendido a decir: "maquilaure"; los polacos dicen: "curva... yebana"; los jamaiquinos: "pussy cloth" o "bombo cloth"; y así sucesivamente, cada cual dice palabras obscenas de acuerdo con la situación de trabajo que le han impuesto injustamente, según ellos.

De tanto trabajar duro y parejo, la primera semana me puse como 'silbido de culebra', flaco: a la semana, ya me quería ir de vuelta para la casa, pero la responsabilidad era la que me mantenía firme trabajando.

Muchos compañeros me aconsejaban y me decían "no te vayas, mira que tú acabas de venir y no puedes ponerte en plan de exigir nada; sólo trabaja y no te quejes como los demás; ten paciencia y verás como todo cambia en poco tiempo. Además tú tienes mucha ventaja que mucha gente no tiene, y es que tú hablas bien el inglés, y ellos, a pesar de tener más tiempo en la compañía, no lo hablan tan bien como tú; sólo ten un poco de paciencia y aguántate; y después de un corto tiempo, solicita un cambio a un área donde trabajes menos y ganes más, como en el comedor principal". Aquellos consejos me servían de aliento para seguir adelante, sin bajar los brazos a pesar del cansancio.

El tiempo de ir a la cama era una bendición. Yo caía rendido hasta las 5 a.m. del día siguiente a seguir la misma rutina. Los minutos y las horas los contaba para ver cuando terminaba el día e ir a descansar.

Trabajar 14 ó 15 horas diarias y de pie era muy duro para mí, pues yo venía de trabajar sentado todo el día, manejando datos contables, haciendo relaciones de cuentas por cobrar, cuadros de vencimientos de facturas clasificadas mes por mes, o cuentas de difícil cobro, manejando los comprobantes de diario, llamando a clientes, en fin, en otras actividades como despachos de mercancías y arreglando los fletes de esas mercancías. Fueron 10 años trabajando así y ahora, de pronto, todo era diferente, pues trabajaba 15 ó 16 horas de pie y sin descansar por sólo 500 dólares mensuales.

Yo no era ni soy perezoso para trabajar: al contrario, soy muy dinámico. Desde que tenia 14 años jugaba fútbol, era muy activo, corría mucho, hacía muchos ejercicios, trotaba a un paso de un atleta que participa en una maratón; trotaba 6 ó 7 kilómetros más o menos dos veces por semana por la orilla de una laguna, hasta llegar a una finca que mi abuelo tenía en un sitio donde se respiraba naturaleza, y donde las hojas secas de las matas de plátano asustaban cuando el viento las movía. También hacía ejercicios de piernas y de velocidad corriendo en la cancha de fútbol de verde Esperanza; por eso tenía velocidad y fuerza. Jugaba también fútbol como centro delantero y hacía muchos goles. Llegué un momento a jugar en tres equipos al mismo tiempo: en el curso de cuarto de bachillerato en el colegio donde estudiaba; allí los partidos se jugaban ínter cursos. Jugaba también en la selección del mismo colegio, en la que se jugaba periódicamente para enfrentar otros colegios. Y por último, jugaba también en el mejor equipo del pueblo llamado '11 espectaculares'.

Por mi estilo de 'chacho de películas' y porque jugaba bien y era saludado por gente que ni siquiera conocía, me levanté cuatro novias bien bonitas. Para ese entonces, yo usaba el pelo largo y era bien parecido. Me dejaba caer el pelo sobre mi frente, bien recortado, casi a la altura de mis ojos, y la cola de pato atrás. Antes de los partidos, en el centro de la cancha, hacía muchas piruetas con la pelota de fútbol, porque sabía que a las chicas les encantaba que su ídolo las distrajera. Me gustaba inventar las chalacas donde no las había. Cuando jugaba fútbol, me sentía flotando en el aire; pero toda aquella alegría la producían la juventud, la dinámica y las chicas.

Con el tiempo, dejé atrás esas actividades deportivas y continué mis estudios. Me mudé para Barranquilla -- capital del departamento del Atlántico-- y me matriculé en la facultad de Contaduría en la Universidad del Atlántico. Allí ingresé por méritos propios. En esos días, en Colombia, el Ministerio de Educación Nacional había dejado vigente una ley que, palabras más, palabras menos, estipulaba que: "el estudiante del último grado de bachillerato que hubiese ocupado en su colegio el primero, segundo o tercer puesto en aprovechamiento, o el mejor puesto en calificaciones más altas, podía ser admitido inmediatamente en la Universidad Pública, esto como un incentivo del gobierno a los estudiantes de escuelas públicas". Como siempre me había destacado y había ocupado el segundo lugar en todo el colegio, no tuve sino que acercarme al Comité de Admisión de la Universidad con mi documentación, certificados de las calificaciones, carta del Rector dando cuenta de mi segundo lugar, y otra serie de papeles que me exigieron. Simultáneamente me inscribía en el Servicio Nacional de Aprendizaje (Sena) para estudiar auxiliar de contabilidad, pues esta entidad se encargaba de buscarme un patrocinio en una empresa para seguir estudiando, de tal forma que al finalizar mis estudios, al cabo de un año lectivo, la compañía patrocinadora me ubicaba en sus oficinas con un contrato. Así, pues, que yo podía estudiar en la Universidad del Atlántico y trabajar en la compañía patrocinadora, que fue la empresa maderera Pizano S.A.

En el Sena, pasé todas las pruebas escritas, las de sicología especial, razonamiento abstracto y las entrevistas; entonces comencé a estudiar durante el día, y en la Universidad lo hacía en la noche. Cuando terminé en el Sena el año lectivo, me enviaron a trabajar a Pizano, y seguí estudiando en la Universidad del Atlántico al mismo tiempo. Con lo que ganaba en la empresa maderera, cubría mis gastos personales y ayudaba a mi madre con los gastos de la casa; además, tenía para mis 'frías'.

Por aquel entonces, La Universidad del Atlántico afrontaba problemas económicos que la abocaban a cierres permanentes porque nunca, o casi nunca, había presupuesto para pagar la planta de profesores; entonces, las clases se interrumpían a cada rato, se vivía un caos administrativo porque la politiquería --que es como un cáncer-- se había colado en la conciencia de muchos rectores y del personal administrativo. Como consecuencia, eran más los días en que no había clases que los días en que los profesores se presentaban a las aulas de clases.

Los noticieros locales y los periódicos emitían, casi a diario, notas sobre la crisis en la más importante universidad pública de la Costa Atlántica. Los estudiantes sufrían permanente desinformación porque un día decían cosas positivas acerca de que todo se iba a solucionar, pero al día siguiente, los diarios publicaban lo contrario. Nosotros los estudiantes, aunque sabíamos el nombre del rector de la Universidad, nunca le Veíamos la cara y no lo conocíamos personalmente. Cuando los profesores no recibían sus pagos, paraban las actividades académicas hasta que el gobierno les pagara sueldos atrasados que, por lo general, correspondían a varios meses.

Por otro lado, los estudiantes --que eran los más perjudicados--, en vista de que el gobierno central no escuchaba a nadie y, que además de eso, pretendía privatizar la Universidad como salida rápida al caos económico, administrativo, politiquero y social, salían a las calles de la ciudad a protestar de diferentes formas. Al comienzo, fueron

Protestas pacíficas con arengas y consignas antigubernamentales; pero después de un compás de espera, se tornaron más violentas con quemas de buses urbanos y de carros de la multinacional Coca Cola, y de cierre de calles. La Policía se hacía presente con carros antimotines, lanzando agua a presión y gases lacrimógenos; y por su parte, los estudiantes tiraban piedras, y el frente de la Universidad se convertía en escenario de una batalla campal. La prensa registraba, incluso a nivel nacional, aquella bochornosa protesta, y entonces el gobierno se manifestaba por fin.

Por aquellos días, recuerdo que varios compañeros y yo estábamos afuera del aula de clases, esperando la llegada del profesor de Auditoria I, cuando, de pronto, vimos que por el mismo corredor, venía un viejito con un portafolio en las manos. Lo acompañaban dos hombres con maletines. Los tres venían bien vestidos, con chaqueta y corbata a pesar del calor. Cuando llegaron frente a nosotros se detuvieron

y el viejito pregunto: "¿Por qué están fuera de aula de clases?" "¿Qué curso es este?". Yo, me tomé la vocería del grupo y, pensando que eran periodistas, empecé a responder:

--"Estamos esperando al profesor de Auditoria I". "Este curso es el sexto semestre de Contaduría."

El viejito siguió preguntando

--"¿Qué clase sigue después?"

--"Costos I" --, respondí.

El viejito seguía preguntando y los dos tipos permanecían callados y mirando todo. Como vi queestaban haciendo muchas preguntas y no sabíamos quiénes eran y la paciencia se me estaba agotando por tanta pregunta, entonces decidí preguntar yo:

--"¿Por qué tantas preguntas?" "¿Quiénes son ustedes?"

El viejito me respondió con otra pregunta.

--"¿Usted no sabe quién soy yo?"

--"No señor, no sabemos quien es usted".

--"OK, joven, yo soy el rector de la Universidad".
Quedé pálido con la respuesta, petrificado, pero alcance a decir:
--"Mucho gusto señor, rector, es un placer hablar con usted; laverdad es que no lo conocíamos".

En el "Majesty", terminé mi primer contrato en la primera mitad del mes de agosto de 1993. Había trabajado 6 meses y medio, entre 14, 15 ó 16 horas diarias todos los días, de lunes a lunes, sin parar.
Como fue mi primer contrato, me sentí cansado y pensé que no iba a volver hasta enero del siguiente año; pero qué va, el dinero que ahorre fruto de mi trabajo --unos 3.000 dólares-- no me alcanzó para hacer mucho, pague algo que debía, le regalé a mi madre unos 300 dólares, y el resto se lo di a mi mujer con un dolor profundo porque sabía que aquellos 2.000 dólares no justificaban tanto trabajo y tanto sacrificio todos los días, por mas de seis meses, sin ver a mi mujer ni a mis padres y hermanos ni las cosas que más quiero.
Llegué de Estados Unidos sin dejar de ser humilde y sincero. Nada me cambió. Quizás sentí tristeza y preocupación porque pensaba que me habían explotado siendo yo un luchador y crítico de aquello, y que en mis años de estudios, muchas veces me expresé en contra de aquellas injusticias.

10

MIS VACACIONES
Incapacidad para tener hijos
Cambio de ginecólogo
cirugía
Mi primera hija sthepanie

Pase unas vacaciones felices al lado de los míos; disfrutaba cada momento, pensaba que el día de regresar a los barcos no iba a llegar tan pronto, y cuando menos lo esperaba, estaba otra vez en el aeropuerto, con mis ojos llorosos. Tuve la sensación de que los días que estaba en vacaciones se iban volando, se iban muy rápidos, como si tuvieran menos horas que los días en que estaba trabajando, cuando una persona trabaja lejos de su casa en un barco siente que los días son interminables, como si tuvieran horas adicionales.

Desde 1988, cuando me case con mi mujer, Gloria, todo había sido maravilloso para los dos, pero nos faltaba algo muy importante: no habíamos podido tener un hijo. Mi esposa sufría mucho. Eso, nos estaba afectando sicológicamente, pero yo trataba de consolarla cuando lloraba por aquella situación infortunada.

Aquellos eran días de crisis, de lágrimas, de imaginaciones, de creer ella que yo la podía dejar por aquella situación, pero yo la consolaba y le decía que tuviera mucha fe en Dios, que más adelante todo saldría bien.

Así transcurrió el periodo entre 1988 y 1993, cuando decidimos cambiar de ginecólogo. Mi esposa decidió tratarse con un prestigioso médico especialista en problemas de infertilidad llamado Guido Parra. Le llevó todos los exámenes que nos habían hecho los ginecólogos anteriores y sus tratamientos fallidos.

El doctor Parra era un médico muy profesional. En nuestra primera consulta le diagnosticó que el caso de ella no era de difícil solución, sólo se necesitaba una cirugía para corregir el útero que se encontraba en retroversión, y afirmó que con toda seguridad después de esta cirugía y su recuperación, mi mujer podría quedar embarazada. Mi esposa se preparó sicológicamente, estaba muy ilusionada; a los pocos días, le envié dinero para la operación. En julio, estando yo ausente por mi trabajo en el barco, ella se sometió a la cirugía. Todo salió muy bien, tal como lo había previsto el ginecólogo, y nos dispusimos a seguir las instrucciones.

En agosto, yo fui de vacaciones a mi ciudad Barranquilla. Llegué muy ilusionado. A finales del mes de septiembre, regresé a bordo, dejando a mi esposa embarazada, situación que sólo vine a saber cuando ya estaba en el barco. Cuando regresé a casa nuevamente de vacaciones, mi esposa tenía seis meses de embarazo. Pase dos meses de vacaciones, y al despedirme de mi mujer, lo hice con mucha nostalgia y tristeza por volverla a dejar en aquel delicado estado.

Recuerdo que para ella este embarazo fue maravilloso, sin antojos ni malestares que suelen dar en estas circunstancias estos estados. Sin embargo, para mí fue al contrario, aquellos meses me dormía de pie trabajando, y los ojos no los podía abrir del sueño, pero no comprendía el porqué de aquella somnolencia, llegué a pensar que tal vez sufría anemia.

Los meses transcurrieron rápido, y un lunes 14 de junio de 1994, nació mi hija Stephanie. Yo me encontraba trabajando en la Mv Majesty. Hubiera querido estar presente, pero por responsabilidad, necesidad y sacrificio, me tocó quedarme trabajando, y sólo pude conocer a mi única hija cuando ya tenía seis meses de edad. Era preciosa y gordita, como un repollo.

11
DE NUEVO EN EL "MAJESTY"
Como Busboy
Anécdotas

La compañía me envió al "Majesty" otra vez; fue a mediados de octubre. Sabía que iba a pasar Navidad fuera de mi hogar, lejos de mi mujer; y con mucha tristeza por mi propia decisión, por mi propia actitud. También sabía que en medio de la situación económica que padecía, no tenía otro camino que los barcos, pues ellos me proporcionaban trabajo y dinero para mi familia. En este sentido, y dejando a un lado la melancolía, ellos solucionaban mi problema económico y les estaba supremamente agradecido por eso.

Desde que llegué al "Majesty", me fijé como objetivo que esa temporada, bajo ese contrato de seis meses, tenía que lograr mi promoción al comedor principal como 'busboy', donde ganaría mucho mejor; y si no lo conseguía, ya estaba decidido a no volver a los barcos a trabajar por 500 dólares mensuales.

Me reintegré a mi trabajo con mucha responsabilidad. Todos los días pensaba que yo tenía que hablar con alguien importante de la compañía sobre mi promoción. Los días fueron pasando. Dejé pasar dos meses como estrategia para poder hablar con más firmeza y propiedad de aquella anhelada promoción. Al cumplir los dos meses de trabajo, empecé a hablar con 'los pesados'. Primero, se la solicité al Food Manager, un polaco del que decían que nunca dormía porque se la pasaba 'chequeando' a toda hora, tanto en las mañanas como por la tarde o en la noche. A veces, cuando nadie lo esperaba, se aparecía a las dos o tres de la madrugada a ver si el 'special clean' se estaba haciendo como se tenía que hacer.

Cuando le hice la solicitud de mi promoción, este señor me respondió que sí, que me iba a promocionar, pero "cuando hubiera un chance". Pasó un mes más y ya no se acordaba de mi solicitud o simplemente no le interesó más. Entonces conocí al supervisor del barco, un tipo calvo, con gafas, el cual se pasaba la mayor parte del tiempo en la barra de los bares cuando iba al "Majesty". Era un americano muy maduro. Después de observarlo y analizarlo, vi que era una persona accesible y que podría escucharme y decidir mi promoción rápidamente. Hable con él, le expliqué mi cargo, mi experiencia, le demostré mi fluidez con el inglés, le hablé de mi responsabilidad, etc. Me dijo que iba a hablar en la oficina.

Al principio me sentí optimista con las palabras del supervisor, pero con el pasar de otro mes, me empezó a rondar el pesimismo. Todas las promesas verbales de promoción, se desvanecían como agua entre los dedos. Los días fueron pasando, y con ellos, mi desesperación fue aumentando, pues sabía que la compañía, a los seis meses, me mandaría a casa de vacaciones nuevamente, y yo estaba cerca de cumplir cinco.

Una mañana de abril de 1994, estando yo en la rutina normal de trabajo, preparando todo para ese día de embarcación, me encontré de frente con el supervisor holandés Erick Von Strick. Había llegado en reemplazo del anterior supervisor. Muy pronto me entere de quién era aquel tipo de casi 1,80 metros de estatura, que hablaba fluidamente español, inglés, francés, portugués e italiano. Era de porte ejecutivo, con un timbre de voz que asustaba a cualquiera. Más de un asistente de Food Manager preferían irse o esconderse para no tropezarse con aquel temperamental tipo.

Algo nervioso le solicite mi promoción. Sólo me dijo que no me prometía nada, pero que iba a verificar mi hoja de vida en el computador. Me pidió mi código en la Compañía, se lo apunté en un papel: 01184497: Armando Yaber. Ese mismo día, a las cinco de la tarde, me informó que muy pronto me iría de vacaciones, y que cuando regresara, venía a trabajar en otra posición, no más como 'utility snacks'. Efectivamente, a la semana la compañía me envió de vacaciones, y me dieron una carta de trabajo para regresar a trabajar como 'busboy', mi objetivo se había cumplido.

En el "Majesty" conocí a mucha gente. Recuerdo a Sergio, un Portugués de muchos años en la compañía como 'waiter. Había trabajado en el "Britannia Star" como asistente del Maitre 'd'. Era un buen tipo; muy parsimonioso y calmado; trabajaba con mucha paciencia en lugares donde otros agonizaban.

Una vez el destino le jugó una mala pasada a Sergio. El caso fue que el anteriormente no era waiter, sino seccional maitre 'd' en un comedor pequeño del "Britannia Star", mejor dicho, de una pequeña división del comedor principal. Allá había llegado a comer una viejita bien arreglada, bien vestida y a la moda. Se sentó sola. Generalmente, los pasajeros vienen acompañados, pero no ella. La mesa era para dos personas, pero se arreglaron para ella sola de tal forma que se sintiera más cómoda.

El waiter, un hondureño de mucha experiencia con apellido de cantante mexicano Aguilar, primero la recibió cordialmente con un "good evening, madam".

Al momento de ella sentarse, la ayudó con la silla empujándola un poco hacia adentro; le colocó la servilleta en las piernas, le entregó el menú con mucha clase, le sirvió agua y esperó a que ella leyera el menú un rato. Ella lo hizo con la dificultad de la poca la luz porque la iluminación allí era romántica, a medias, y la lámpara de arriba, en el techo debía dar en el centro de aquella honey moon table"' o mesa de recién casados, o mesa para dos; pero aquel día, esa bendita luz estaba apuntando a otro lado y nadie se percató de aquel hecho que fue fundamental esa noche. Después de esperar un rato, el camarero le preguntó a la señora si le podía tomar la orden. Ella respondió afirmativamente: "I want Atlantic seafood supreme with lemon and chives for the appetizer". Para la sopa pidió "chilled strawberry"; para la ensalada, "Boston lettuce"; y para el plato fuerte, pidió "New York steak foyot". El waiter, en el menor tiempo posible, le trajo el aperitivo. La dama medio comió. Después le sirvieron la sopa fría, y ella medio la probó. Le sirvieron después la ensalada y la salsa para ensalada; ella prefirió thousand island.

Empezó a comer muy despacio, casi rumiando. Nadie sabe cómo vino a aterrizar esa cucaracha en su ensalada. La vieja, mirando para cualquier lado, distraída, revolviendo la ensalada con el tenedor, sepultó, entre las lechugas, y la thousand island en el fondo del plato la cucaracha. Ella comenzó a comerse su Boston Lettuce, cuando de pronto, la viejita sintió que había mordido algo blando que parecía no ser lechuga. Con los dedos, se sacó lo que quería saber qué era. Su sorpresa fue mayúscula; y su asco, peor al ver en sus dedos la cucaracha vestida de rosado por la thousand island. Gritó, lloró, hizo de todo; al final, presentó la queja más grande en la historia del "Britannia Star". Se enteraron todos los demás pasajeros y toda la tripulación.

El Food Manager canadiense, que estaba allí por castigo por haber perdido el examen de sanidad en el "Majesty", llamó al maitre "d' de la sección --mister Sergio-- y al waiter que estaba atendiendo a la viejita –el señor Aguilar-- , para que rindieran una explicación de lo sucedido. Ellos atribuyeron aquel caso a un hecho fortuito, argumentando que la cucaracha había aterrizado en la ensalada después de haberse servido. El Food Manager y el Capitán preguntaban por qué no revisaron la ensalada antes de servirla. Al final de aquello, tanto al waiter como al maitre d' de la sección fueron mandados a casa por aquel grave error.

Cuando Sergio regresó dos meses después a trabajar, la compañía lo envió a otro barco más lujoso, pero como waiter. A Aguilar lo mandaron a un barco distinto del "Britannia Star" porque ni el Food Manager ni el Capitán lo querían ver por aquel grave error.

En el "Majesty" conocí a 'Goyo', un cartagenero 'corroncho', bastante dicharachero y amigo de todos. Se complacía de hacer reír a todo el mundo. Sus comentarios chistosos eran espontáneos, tenía una especial chispa de gracia en lo que hacía o decía.

Cuando vino por primera vez a trabajar de cocinero a los Estados Unidos, Goyo venía excitado por todo lo nuevo y diferente que iba encontrando a su paso: escaleras eléctricas pegadas al piso para andar más rápido, tren eléctrico que lo transportaban de un lado a otro en el mismo aeropuerto, gente de todas partes con diferentes idiomas hablando al mismo tiempo, puentes elevados de metal sobre el mar que se partían en dos para permitir el paso de algún barco y luego se volvían a cerrar para permitir el paso de los vehículos, la amplitud de las avenidas y la belleza de los bulevares, la limpieza de las calles y el sistema de redes eléctricas en las avenidas que

son subterráneas y que, por supuesto, no se ven.

La primera carta que le mandó a su mujer, la leyó enfrente de varios de nosotros para asegurarse que era una carta bien redactada. Decía: "Mija, te cuento que estoy impresionado por todo lo que he visto. Aquí no se ven las líneas eléctricas como en el barrio. Todo es moderno. Creo que las luces trabajan a control remoto.

Aquí en Miami no conocen lo que es una mosca ni lo que es un golero, pues nunca los han visto".

Trabajando en el "Majesty", sucedió un día un caso muy curioso. Era un día de trabajo normal. Había pasajeros por todas partes. Yo estaba asignado para trabajar en el décimo piso al lado de la piscina. Los pasajeros, después de comer, solían dejar las bandejas de las comidas en cualquier parte, y un grupo de busboys, entre ellos yo, las recogíamos y las llevábamos al 'diswasher', o sea donde están las máquinas de lavar todo, y se las entregábamos a dos tipos encargados para su clasificación y limpieza.

Había uno pasajeros tomando su comida en línea; otros estaban sentados almorzando; otros, oyendo la banda musical al lado de la piscina; otros, tomando sol. En esta última parte. en el piso 8, parte de atrás del barco, también se puede tomar el sol, y es un Área muy tranquila y sin ningún ruido, con sillas acondicionadas para ello. Allí estaba una mujer joven, un poco gorda, de unos 27 años, tomando el sol en una silla. Estaba sin brasieres, con todo los pechos afuera, al aire libre, sin importarle que la miraran, en una actitud provocadora para los hombres que trabajaban limpiando el 'deck' o que vigilaban que allí hubiese toallas en cada silla y que estas estuviesen bien arregladas.

Mister Gamez, asistente de Food Manager en ese entonces, me ordenó que fuera al piso 8, parte de atrás, a recoger una bandejas que él había visto allí sobre unas sillas. Yo me dirigí al lugar indicado. Al bajar las escaleras y llegar al piso 8 y caminar unos pasos, me encontré de frente con aquella mujer semidesnuda. Yo quedé paralizado por tremendas tetas. La miré fijamente. Ella sonrió coquetamente. Estaba en vestido de baño. Ni siquiera se conmovió por mi mirada casi incrédula, porque, la verdad, yo no sabía exactamente si eran tetas originales o balones de fútbol sobre su cuerpo desnudo.

Después que busqué por todas las sillas en aquel lugar, no encontré ninguna bandeja. Inmediatamente caí en cuenta que mister Gámez –"mamador de gallo"— lo que quería era que yo mirara a la chica. Me devolví, le manifesté a mister Gamez que no había ninguna bandeja en aquel lugar, entonces él, sonriendo, me pregunto: "¿No viste el par de balones?" "sí, sí los vi, pero creo que ella quiere algo más", le dije. Aquello se regó por entre los trabajadores que limpian el 'deck'. Uno de ellos, bastante joven, decidió echar un vistazo de cerca para ver qué se traía aquella chica. Se acercó a ella disimulando que estaba trabajando allí y la saludó:

--"Hi, how do you doing?"

--"Very well, thank you".

- "You look very nice".

--"Really?"

--"Yes, I like you".

--"I don't believe you; you don't know my name yet?"

--"Never mind if you like me".

--"You are very handsome"

--"May I kiss you?"

--"Yes, I 'd like".

El tipo se acercó a besar aquella chica. Cuando inclinó su cuerpo para besarla y poner sus manos sobre los pechos desnudos de aquella mujer, apareció por detrás otra mujer mucho mayor, mas vieja, con una cámara fotográfica instantánea. Tomó dos fotografías de aquel cuadro romántico y, acto seguido, armó un escándalo de la "Madonna" diciendo que aquel tipo quería abusar de su hija. Aquel escándalo se lo hizo saber al jefe del deck o 'housekeeping assistant' y dijo, seguidamente, que iba a formalizar una queja ante el Capitán porque aquella falta de respeto no se iba a quedar así. Efectivamente lo hizo.

Formalizó la queja ante el Capitán, llamaron a los cinco trabajadores encargados del deck o de aquella área junto con el Asistente encargado, y el Capitán puso a la vieja a señalar al tipo que había tratado de abusar de su hija. Ella no se equivocó al identificar al joven y, con el argumento de que tenía las fotografías de aquella embarazosa situación, amenazó con presentar denuncia ante la Corte si aquello no se arreglaba. Para evitarse males mayores con la prensa y con la justicia Estadounidense, la compañía le dio un crucero gratis y además, según trascendió, le dieron 3.000 dólares. Y al novato que cayó en la trampa, lo mandaron a casa con un "never come back" en el computador.

En el "Majesty" los oficiales de mando --como el Capitán, el Staff capitán, el Chief enginier, el Jefe de Seguridad, el Chief houskeeping, el radio operador y sus asistentes-- eran de origen griego e imponían una disciplina de corte militar. Todos los tripulantes debían seguir las reglas allí impuestas al pie de la letra. Si el Capitán ordenaba limpiar una ventana porque le pareció que tenia polvo, el Food Manager ordenaba limpiar todas las ventanas.

Los miércoles por la mañana, cuando el Capitán hacía una inspección de rutina por todo el barco, el Food Manager, el Maitre d' y los asistentes, iban adelante como adivinando el camino que el Capitán iba a tomar, e iba ordenando limpieza sobre lo que ya estaba limpio y arreglando lo que ya estaba arreglado, como las sillas, debían estar en perfecto orden. Inclusive las canecas de basuras debían estar limpias tanto por fuera como por dentro. Ningún tripulante debía permanecer hablando con un pasajero por un lapso que ellos consideraran anormal; mucho menos, si este pasajero era una hermosa mujer.

Las inspecciones de cabinas eran muy estrictas, no se permitía que éstas estuvieran en desorden o desarregladas y mucho menos sucias: debían permanecer estrictamente limpias, y las camas, debían exhibir cobijas cambiadas del mismo día y bien tendidas; el baño debía estar en orden y perfectamente limpio, sin una pequeña mancha de nada; las cortinas debían estar inmaculadas y no era aceptable ningún desperfecto o daño en ninguna cabina; por ejemplo, era inaceptable alguna lámpara no funcionara o que la cerradura del baño estuviera mala. Era imprescindible, también, que la cabina presentara un agradable olor; no se admitía que nadie fumara o comiera en las cabinas; las comidas, frutas o cualquier otro comestible, atraía a las cucarachas, y si el Staff Capitán sorprendía a cualquiera comiendo en una cabina, era una falta como para cancelarle el contrato y mandarlo a casa.

Como caso curioso, recuerdo que el "Majesty" tiene un cuarto o sitio grande donde hay varias máquinas automáticas para lavar ropa y secarlas; y después, si uno quiere, allí mismo puede planchar porque hay mesas especiales para tal efecto.

Los tripulantes tenían la costumbre de ir a lavar su ropa en las lavadoras, las dejaban allí por espacio de 30 minutos ó más, y regresaban a su cabina o a su sitio de trabajo o a escuchar música mientras la ropa se lavaba. Esto lo hacían todos: los busboy, los waiters, los cleaners, las secretarias, las chicas que trabajan en el bar, las bailarinas... Un día, se empezaron a perder las pantaletas de las mujeres, sólo las pantaletas de todas las chicas, de las bar waitress, de las secretarias, de las bailarinas, de las bar tender; Día tras día, alguien se las hurtaba de la 'laundry room'. Ellas se empezaron a culpar unas a otras sin saber que ocurría, hasta que un día se les agotó la paciencia y el número de pantaletas también, así que presentaron una queja al Staff Capitán por esta situación.

Ellas coincidían en que sus pantaletas se perdían en el lapso en que ellas las colocaban en las máquinas secadoras. El Staff Capitán decidió realizar una sorpresiva inspección general de cabina cuando todos los tripulantes hombres y mujeres estuvieran trabajando cada uno en sus respectivas áreas y en las cabinas no hubiera nadie. Llegó con varios oficiales, y con una llave maestra, fue abriendo las cabinas y, posteriormente, hizo lo mismo con los lockers donde cada uno guarda sus cosas. Para sorpresa de todos, en una cabina de trabajadores del bar, más concretamente en el locker de un 'utility bar' hondureño, encontraron 120 pantaletas de diferentes colores y tallas. Este señor las coleccionaba no se supo nunca con qué intención: si las hurtó para montar una tienda en su pueblo en Honduras, o por morbosidad, o enfermedad, o para masturbarse. El Staff Capitán ordenó que las sacaran de aquel locker y las pusieran sobre el piso de aquel corredor. Las contaron, llamaron a todas las mujeres. Ellas las fueron reconociendo, "sí, esta es mía, hace tiempo que la perdí y mira dónde vino a dar"; "esa es mía, la reconozco por la cara de gato en la parte de adelante"... y así todas identificaron sus pantaletas, pero ninguna las quiso de regreso, así que ordenaron que las metieran en una bolsa plástica y las botaran a la basura; y al señor 'utility bar' lo mandaron a casa por aquella audacia. Nunca dijo, en aquel interrogatorio para que las quería, permaneció mudo, no dijo nada en absoluto..

Los ejercicios de salvamentos en este barco se hacían una vez por semana, y era menester que todos los tripulantes asistieran y conocieran las instrucciones del folleto en caso de una emergencia. Ellos aceptaban 24 horas antes las listas de los tripulantes que no podían asistir por su trabajo a la misma hora del ejercicio.

Los ejercicios de salvamento se hacen en todos los barcos de turismo que operan en Estados Unidos, son obligatorios, pero en el "Majesty", este programa era muy estricto, de corte militar. Sobre el Jefe de Seguridad caía toda la responsabilidad del cumplimiento de aquel programa, que debía hacerse por mandato de la Coast Guard, o Guarda Costa de los Estados Unidos.

En este buque, la mayoría de los oficiales era de nacionalidad griega, pioneros de la navegación, personas de carácter fuerte al estilo militar. No hablaban el idioma español. Los ejercicios involucraban a oficiales y a todos los demás miembros de la tripulación, unas 400 personas en total, desde el Capitán hasta el trabajador de más bajo nivel. Todas las semanas en el "Majesty" se hacía este ejercicio de salvamento; era los miércoles, cuando el barco estaba en San George-Bermuda a las 10:30 de la mañana. A cada tripulante, sea cual sea su rango, desde el mismo momento en que se embarca a trabajar le proveen de su chaleco salvavidas color anaranjado, con su respectivo número de identificación y folletos con instrucciones precisas del respectivo programa de salvamento. En cada ejercicio de salvamento, el Jefe de Seguridad, con sus asistentes, le enseñan a cada grupo de tripulantes a manipular las balsas y botes salvavidas. En caso de una emergencia, ya sea por malas condiciones del tiempo atmosférico, mar violento o hasta un gran fuego. Paso a paso le enseñan a la tripulación, le muestran videos desde el mismo momento de su llegada. En el fondo, consiste en entrenar a la tripulación para el examen o prueba de seguridad que realizan los Guarda Costas de Estados Unidos cada tres meses en los barcos de cruceros, y es obligatorio que cada tripulante sepa cómo actuar ante una eventual emergencia.

El programa incluye una parte teórica y una parte práctica. En la teórica, se detallan una serie de preguntas con sus respectivas respuestas. Las primeras preguntas son las más importantes; por ejemplo: ¿Cuál es la señal de emergencia? Y su respuesta es": por los menos 7 silbidos cortos y uno largo seguido por las sirenas del barco". Los tripulantes deben dirigirse a su estación de emergencia con sus chalecos salvavidas puestos. A este chaleco va adjunto un cuadernillo que tiene la identificación de cada tripulante. La segunda pregunta es: "¿Cuál es la señal de abandono del barco en una emergencia? La respuesta es "un silbido corto y uno largo de la bocina del barco, con una duración de menos de 10 segundos repetido dos veces".

La tercera pregunta es: "¿Cuál es la señal de hombre al agua?" La respuesta es: "dos silbidos cortos y dos largos de la bocina del barco". Esta pregunta quiere decir que cuál sería la señal si se observa que una persona ha caído al agua. Con el tiempo y por abreviar, todos los oficiales suelen preguntar simplemente": ¿Hombre al agua?" y la persona debe responder: "Dos silbidos cortos y dos largos".

Un día que hacíamos estos ejercicios, a un oficial de seguridad de la MV "Majesty" --que más parecía un General del Ejército recién ascendido porque se le notaba temple y las ganas de rajar a cualquiera con sus preguntas--, se le ocurrió hacerle la pregunta al menos listo, a un muchacho guatemalteco que trabajaba en oficios de limpieza general, y que adicionalmente no hablaba inglés. Le pregunto el oficial:

--"OK. tell me man overboard?".

--"¿Qué dice?", preguntó el '"chapín"

Otra persona le tradujo: "El pregunta hombre al agua" Y él, sin pensarlo dos veces contesto: "Hombre al agua …tiburón contento".

Todos, a excepción del Oficial Griego, nos reímos. El oficial, que no entendía el español y no entendía qué quería decir aquello, sí sabia que esa no era la respuesta correcta, así que lo miró fijamente, le quitó el cuadernillo donde estaba su identificación y le dijo:

--"don't you know speak English". "I give you one week to learn English, OK?"

--"¿Qué dice?", Preguntó el muchacho un poco nervioso.

--"Que como tú no sabes hablar inglés, te da una semana para que lo aprendas", dijeron otros juntos a el.

--"Yo, en cambio, le doy a usted un día para que aprenda hablar español, por ser usted más inteligente". Este humilde chico firmó un memorando por irrespeto a un superior.

El servicio que se le da a un Capitán en un barco no se le da a ninguna otra persona. Es algo especialísimo, como si se tratase del presidente de un país. La atención llega a tales extremos que las personas que miran con detenimiento aquello piensan que, en verdad, el Capitán es un rey y las personas que le están sirviendo son sus vasallos. Es algo extraordinario y fuera de lo común. Esto es costumbre en todos los barcos y Ay de que se te derrame una salsa en la mesa del Capitán y sus invitados!.

12

SERVICIO EXCELENTE DEL COMEDOR

Anécdota de Monique
El lechero

Un waiter y un busboy trabajan juntos para darles a los pasajeros lo mejor de ellos, es algo aprendido y entrenado por varios años. Les dan lo que ellos pidan siempre y cuando esté dentro del menú, es algo que inmediatamente se debe traer y poner enfrente del pasajero que lo requiera. Si no está dentro del menú de ese día, entonces primero se trata de buscar a ver si se tiene en unos minutos, pero si no, entonces se le explica al maitre d' de la sección de aquella solicitud para que el se apersone del caso, pero nunca se le debe decir 'no' a ningún pasajero por muy difícil que la misión sea. En esos casos, el Maitre d' toma atenta nota de lo que el pasajero necesita y con seguridad para la nueva ocasión lo tendrá listo, habiéndoselo explicado al pasajero con anticipación.

Los pasajeros en los barcos de turismo son para la tripulación unos verdaderos reyes, reciben una atención excelente. Sinceramente no es necesario que cada Waiter o busboy o cualquier miembro de la tripulación trate de inculcarle al pasajero la palabra excelente, porque en realidad el servicio, la atención y la comida tienen calidad uno A.

Los programas en los barcos tienen mucha variedad, y a la misma hora, se presentan en diferentes lugares programas de diversión o entretenimiento, o musicales o se realizan tours en los puertos donde el barco llega. Únicamente los pasajeros tienen que escoger lo que les guste o les convenga.

En el restaurante, el Manager, que es el Maitre d', trabaja sin descanso toda una temporada de seis, siete ú ocho meses, siempre con la misma sonrisa y sin descuidar ningún detalle por muy pequeño que este sea. Por esto se hacen reuniones en el comedor con todas las personas que trabajan allí a las 11:15 de la mañana, antes del almuerzo, y a las 5:15 de la tarde, antes de la cena, para verificar que cada waiter y cada busboy mantengan uniformes limpios, planchados, y luzcan un apropiado arreglo personal, tengan corte de cabello adecuado y uñas limpias y bien presentadas. En estas reuniones, se leen los menús antes de cada comida, y el Manager o Maitre d', explica con detalles cuando existe alguna duda de la composición del menú de ese día, dan las informaciones generales acerca de futuras vacaciones, acerca de la próxima visita de los inspectores de sanidad y el programa a seguir, o también informaciones acerca de la próxima visita de los inspectores de guarda costas de los Estados Unidos.

Las reuniones sirven para mantener la disciplina del grupo de personas que trabajan en el comedor. Allí se le llama la atención al indisciplinado o al que no sigue las normas y reglas impuestas desde el principio por el manager, como por ejemplo a la persona que llega tarde a trabajar, el que se va del sitio de trabajo sin previo aviso, de la persona que contradice una orden o "llora" mucho por una que le hayan impartido.

En el "Majesty" conocí a mucha gente de diferentes nacionalidades. Me acuerdo de Monique o Mónica. Era una polaca diminuta, delgada, blanca, de cabellos rubios, muy atrevida. Cuando el Majesty se acercaba a Bermuda, a ella el corazón se le quería salir de la alegría, y no veía la hora de llegar rápido porque en aquella isla la esperaba, cada semana, su dulce amor, un negro bembón de casi dos metros de alto que a ella le hacía muy feliz porque los blancos "no tenían lo que a él le sobraba", como decía ella siempre con mucho orgullo. Yo, solo por molestar, le decía al que estuviera cerca, "por lo que tu llorarías, Mónica se ríe".

El tipo era de un espíritu muy alegre y juguetón con ella. Lo curioso era el contraste de pieles. Él era casi azul turquí, por no decir que negro, y ella era de tez blanca. Muchas veces, cuando salían en las noches por las calles de aquella paradisíaca isla, él la alzaba con mucha facilidad como quien carga una muñeca de fantasía, y desde lo lejos, en la semioscuridad de la calle, sólo se veía una figura diminuta de mujer sostenida en el aire, como si se tratase del número de magia de un circo. En la oscuridad reinante, a él únicamente se le veían los dientes. Los dos se iban jugueteando bajo la mirada curiosa de los que creían que aquello, a los lejos, era un espíritu burlón.

Fue precisamente en el "Majesty" donde oí hablar de un personaje que era muy popular, que es mencionado en todos los barcos y a quien los Centroamericanos bautizaron como 'El Lechero'. Pero ¿quién es el lechero? El lechero es, sencillamente, el amante de la esposa de cualquier marinero, y que vive en las cabezas pensantes y preocupadas de aquellos que no le tienen confianza y poco conocen a su mujer, y que piensan que cuando el marino – sea Waiter, Busboy, Cleaner, Food Manager o Capitán-- está trabajando en el barco, ese amante está en casa con su mujer, dándose la buena vida, con su carro, durmiendo en su propia cama y que, cuando la esposa del marino le escribe a su marido allá en el barco y la carta llega al barco, la persona que entrega la correspondencia y las demás personas que no reciben cartas, dicen que quien escribe es "el lechero"; por eso, es mejor que usted nunca estornude en un lugar donde halla mucha gente, porque en los barcos ya no se usa la palabra, "salud" después del estornudo, sino "lechero". Por eso es mejor seguirles la corriente a aquellos que pretenden "tomarte el pelo" y seguir sonriendo. Y si aquello te parece una ofensa, es mejor que lo olvides, porque si te contrarías, te puede ir peor. Por eso, es mejor estar feliz y contento, y sonreír, y reírte de aquel juego psicológico.

Los centroamericanos saben mucho de este juego. Ellos se lo inventaron y lo han propagado en todos los barcos. Muchas experiencias amargas deben haber tenido y quieren involucrar a otros en su película de terror e intriga.

Trabajando en un crucero, las personas conocemos parte de las culturas, costumbres y formas de expresarse de los tripulantes de otros países.

De Honduras, por ejemplo, que es un país Centroamericano muy pequeño, uno llega a comprender que su grandeza vive en el corazón de sus habitantes, gente humilde y trabajadora. Hay que reconocer, sin embargo, que al gobierno hondureño le hace falta invertir mucho dinero en educación de sus gentes, porque cuando alcanzan su mayoría de edad, los muchachos sólo piensan en ir a trabajar a un barco crucero, ya sea de 'Diswasher Man' o 'Pot Washer Man' o 'General Cleaner', y más adelante, cuando se aprende el inglés de tanto escuchar a otros, aspiran a ser 'Busboy o Waiter Profesional'.

Me contaba un amigo hondureño que una vez en Honduras, dos mujeres estaban lavando sus ropas sobre unas piedras, en el río San Melecón. Una le preguntó a la otra:

--Y tu marido, ¿de qué es que trabaja en lo barcos?

--¿Mi marido? Él es Potwachero (Por Pot Washer Man),

mija. ¿Por qué me preguntas eso?

--Es que alguien andaba diciendo que él es lavador de ollas.

--¿Quién dijo eso? No señor, el negro Polanco tiene tres años de ser potwachero.

A los seis meses, cuando llegó el negro Polanco a pasar vacaciones a Honduras, su mujer, para estar segura, le preguntó a su marido:

--Oye mijo, decime ¿Tú de que trabajas en los Estados Unidos?

--Ya te dije que yo soy POTWACHERO' ¿Qué? ¿Se te había olvidado?

--No, fue que Josefa, mi vecina, me dijo que por ahí andan diciendo que tú no eres Potwachero, sino lavador de ollas. Al negro Polanco, con aquel rumor que se quería convertir en chisme, la sangre le hirvió un momento.

¡Que un perro me lamba la pija! --dijo Polanco---Mija, no le pares bolas a la gente crea únicamente lo que su negro le diga y punto.

Los cruceros son un verdadero relax. Una semana, tres o cuatro o 10 días en un barco crucero significan otra forma de vida: la atención, el servicio, las comidas, los shows, la música, el descanso, la paz, la alegría... los detalles son únicos, no se pueden comparar con nada.

Usted como pasajero, desde que llega al barco, lo están esperando. Viene con su maleta y un Cabin Steward o Bell Boy, con una sonrisa, lo lleva a su cuarto. Cuando llega por fin a la habitación que le han asignado, usted sentirá ganas de tomarse un vaso de agua. Quizás diría: ¿Me permite un vaso con agua por favor?". "Enseguida se lo tengo" le dirán, pero necesitará saber si le gustaría consumir agua natural importada de Italia o Francia por solo 2,95 dólares, o si prefiere agua regular del barco. Usted decidirá de acuerdo a su gusto, y su gusto irá en común acuerdo con su bolsillo.

Nunca un pasajero debe olvidar que en el comedor el plato para la mantequilla va en la mesa a su izquierda; tampoco es al Busboy a quién hay que dirigirse para que gradúen el aire acondicionado del comedor si está muy frío o porque sienta calor.

Tampoco el Capitán es culpable del mal tiempo atmosférico, o de la lluvia, o del mar esta enfurecido, o del movimiento del barco; y nunca se le ocurra preguntar a nadie a qué hora comienza el Midnigth buffet.

13

VENTA DEL MAJESTY
EL ZENITH

Una de esas veces en que la compañía me había enviado de vacaciones a mi querida tierra en Colombia, por una llamada telefónica hecha desde Miami me enteré de que el "Majesty" había sido vendido y entregado a la compañía Norwegian Cruise Line. Para mí aquello fue duro porque siempre había trabajado en ese barco, y me atormentaba la incertidumbre sobre a qué clase de barco me irían a mandar cuando me reintegrara al trabajo.

Desde lejos oía hablar de los barcos de la compañía Celebrity, donde posiblemente yo podía ir. La Celebrity, oía decir a los demás tripulantes, era muy estricta en el cumplimiento de todos sus programas; y los supervisores siempre permanecían respirándoles a los tripulantes detrás de la oreja, "rompiendo huevos a todo el mundo" por cualquier insignificancia, presionando para que el trabajo fuera mejor, siempre –claro está-- en beneficio de los pasajeros.

Al regresar a Miami a trabajar de nuevo, después de mis vacaciones, y con la duda de no saber a que barco me enviarían a trabajar, llegué optimista y pensando positivo, una semana después de estar esperando mi embarque en el hotel de la compañía y cansado de escuchar todos los días: "Señora Magaly, tiene llamada en recepción", "Señor Novoa, come to the from desk", salí programado para ir a trabajar al Zenith, un barco para 1.800 pasajeros, grande y muy hermoso; pero con la desventaja de que no conocía a ninguno de los jefes.

Así que me enviaron en avión a Puerto Rico junto con un grupo de tripulantes, entre ellos, cocineros, personal del bar, trabajadores de limpieza general etc., a mí me gustaba la idea de ir al Zenith, pues tenía una ruta maravillosa, y cada 10 días llegaba a Cartagena, y así podía ver con más frecuencia a mi mujer y a mi hija Stephanie.

El barco salía de San Juan de Puerto Rico. Al día siguiente estaba, muy temprano, en San Thomas; luego, al otro día, en alta mar; después, en el canal de Panamá; a la mañana siguiente, llegaba a Cartagena; a las cinco, se iba para Curazao; al día siguiente, en Aruba; luego seguía alta mar; después, al otro día, en Punta Arenas, en Costa Rica; después, en México, en una pequeña isla llamada Huatulco; y al día siguiente, en la hermosa Acapulco, allí desembarcaban los pasajeros y se embarcaban otros para un nuevo crucero por la misma ruta, pero a la inversa. Mi primera impresión al llegar al Zenith, fue ver el logotipo en forma de la letra '"X" y la interrogación para mí era cual era su significado, rápidamente alguien me explico que los barcos de la compañía celebrity la tenia arriba en la misma parte junto a la chimenea y que su significado era que la letra griega "X" traducida al ingles era la misma letra "CH" de Chandris, accionaría de esta gran compañía. En el Zenith me adapté muy rápido. Además que contaba con la oportunidad de ver a mi pequeña familia cada 10 días.

14
UN DIA LIBRE EN ACAPULCO

Tuve la fortuna de conocer a Acapulco. Eran muy escasas esas oportunidades, pero mi jefe, un portugués muy razonable, me premió por mi esfuerzo y dedicación al trabajo dándome un día libre en Acapulco.

Era muy chévere salir a conocer ese mundo que encierra esa ciudad. El turismo que esta ciudad mueve es parecido al de Cartagena en Colombia. Esta ciudad, en la parte cerca de la playa, es muy similar en todo: grandes edificios, rebusque por todas partes, taxistas tratando de hacer su día ofreciendo de todo, mujerzuelas esperando la oportunidad para trabajar en cosas del amor por 40, 50 ó 60 dólares, dependiendo del 'marrano'.

Así que una vez de tantas que el Zenith llegó Acapulco, mi jefe me dio día libre o mejor, 'lunch off', desde las diez de la mañana hasta las cuatro de la tarde. Salí con dos compañeros de trabajo de Honduras: Jorge y Justo, dos tipos jóvenes con ganas de aventurar y tener nuevas experiencias.

Primero fuimos a comprar souvenires y conocer lo hermoso de la ciudad turística, ver cerca de la playa los bikinis; después fuimos a almorzar en un kiosco frente a la playa atendido por 'Cirilo el Cornudo', como él se autodeno minaba quizás por usar siempre una gorra con dos cuernos, como diablo rojo. Era un tipo dicharachero.

Nos presentó un menú, ordenamos la comida: una sierra, un lebranche y un róbalo. Al rato se presentó diciendo que se les había acabado todo lo que había en la cocina. mientras hablábamos y planificábamos qué hacer, nos tomamos dos coronas cada uno. Al fin, ordenamos un 'guachinango' cada uno por recomendación de Cirilo. En realidad lo hicimos para no perder mucho tiempo en ir de un lado a otro y el tiempo era oro y se podría ir sin que lográramos hacer nada. Le dijimos a Cirilo que fuera rápido o si no, nos íbamos.

Mientras en la cocina del restaurante preparaban la comida, Cirilo nos hablaba como un perdido que de pronto aparece; se volvió cansón, así que preferimos decirle: ''Mira Cirilo, consíguenos tres chicas y venimos todos los días aquí a comer''. Cirilo quedó impresionado, nos quedó mirando y nos dijo "déjenme hacer una llamada a ver qué consigo". A los 20 minutos, se presentó un taxista, nos propuso llevarnos a un sitio donde podíamos conseguir diversión, música y sexo por poco dinero. Según ellos, allí íbamos a encontrar las reinas de belleza de México, de 16, 17 ó 18 años, lindas y bellas. Yo no creía ni una palabra; y segundo, yo no iba en plan de sexo por principios y mucho temor a cualquier enfermedad. Sólo pensaba tomarme unas tres o cuatro cervezas nada más, ya que a las cuatro de la tarde debíamos estar de regreso en el barco y comenzábamos a trabajar a las cinco de la tarde. Además, yo contaba con la suerte de que cada 10 días que llegábamos a Cartagena, mi mujer me esperaba con los brazos abiertos, suerte que mis dos amigos no tenían, por eso ellos sí querían diversión, licor y sexo.

Tomamos el taxi. En el camino, el taxista nos explico que aquí en Acapulco ese negocio de 'chicas calientes' era muy variado, que otra forma era la de escoger la chica por catálogo, la que tú quisieras, y concretar una cita telefónica "de tal hora a tal hora". Además, nos explicaba que el servicio era parcial o total, de acuerdo como usted lo quiera. Por ejemplo, un 'polvo' cuesta 40 dólares; dos polvos, 70 dólares más una sesión de masajes gratis, pero nos aclaraba el taxista que esas tarifas realmente dependían del marrano.

Nos detuvimos frente a un portón grande en un barrio casi pegado al centro de Acapulco. La casa quedaba en la parte de atrás. Sólo le pagamos al taxista seis dólares por la carrera. El mismo se bajó y llamo por el timbre. Al rato, alguien se asomó por la ranura de la puerta de hierro. Sólo preguntó "¿De parte de quiénes

vienen? El taxista le contestó: ''Vienen de parte de Cirilo''. Así que apenas oyó que era de parte de Cirilo, la persona que atendía el portón automáticamente abrió una puerta pequeña adjunta a la grande.

Todos entramos. No era un sitio lujoso. Al contrario, era un poco ordinario y bajo de calidad en acabados, pintura etc., Nos hicieron seguir al piso de abajo. Era como un sótano grande, acondicionado para escuchar música. Había

cuartos pequeños con servicios individuales. Había, también, un pequeño bar con mucho licor, atendido por una mujer cabellona, pasada de kilos, que era la
que coordinaba la música y lo relacionado con los clientes que iban a los cuartos con las chicas.

En el centro del gran salón estaba dispuesto cerca de seis butacones viejos donde estaban sentadas las 'chicas malas', 'las putas del paseo'. Eran más o menos jóvenes, pero se veían desgastadas. Andaban muy maquilladas o pintorreteadas, diría yo. Tenían las piernas cruzadas, queriendo mostrar la 'mercancía que vendían'. Tenían vestidos escotados para que el cliente viera que eran tetas originales.

En ese salón había unos 20 hombres tomando cerveza, pero atentos a los movimientos de cruce de piernas de las hembras. Había allí filipinos, portugueses, hondureños, turcos, hindúes, jamaiquinos, y el único colombiano era ''yoyito Marulanda'. La música, el licor y el cruce de piernas invitaban a todos a quedarse allí consumiendo licor, y yo sólo observaba todo con una sonrisa y una 'Corona' en mi mano. Aquello parecía una jauría de perros detrás de las perras. Para ellas, el negocio era muy bueno, había buen cliente y el tiempo era oro... dólares.

A mí se me acerco una chica alta con tacones y minifalda. Todos la miraron. Se agachó y al oído me dijo ''papito, vamos a tirar dos polvos por sólo 60 dólares porque me caíste bien". Yo, por no pasar de 'Gil' le dije: ''tengo que calentarme primero. Mis amigos se queman. Invítalos, que ellos van''. Así que al cabo de un rato uno de mis amigos, Justo, fue el premiado. No demoraron el arreglo del precio y las condiciones, y se fueron a uno de esos cuartuchos a "mecerse en la cuna de venus"; luego Jorge, y luego, dos hindúes y después un Turco, un portugués; así que no quedaron más mujeres. Sólo el resto de hombres hablaban vascuencias y se amalayaban de que no fueron los primeros. Alguien pregunto a la administradora ''¿no hay mas mujeres?'' Ella contestó. "Ya no demoran las que entraron", y yo, sólo por molestar, les decía en voz alta: ''paciencia, piojo, que la noche es larga''.

A los 30 minutos, salieron las dos primeras peinándose, se sentaron, se empezaron a maquillar enfrente de todos los presentes usando un espejito. Más tarde salieron tres de la misma manera, peinándose; parecía todo calcado, se empezaron a maquillar también y a esperar tres nuevos clientes.

Como yo me había negado a la invitación de la chica de la minifalda, el resto de mujeres que allí estaban y que habían sido testigos de mi negativa, pensaron que yo no traía dinero, por lo tanto perdí importancia en aquel recinto.

Para mí fue mejor, ya que me sentía más libre de mirarlas a todas sin que ellas se interesaran; así que en medio de cuatro cervezas que ya tenía entre pecho y espalda, analizaba como entraban y salían con diferentes clientes. En aquel lapso en que yo estuve de 'familia Miranda' oí cuando una chica le preguntaba a uno de mis amigos ''Ey tu amigo, el del bigote, es qué ¿marica que no pisa?''; entonces mi amigo le respondió: ''lo que pasa es que es evangélico''.''¿Evangélico? No parece. Tiene su cara de picardía. Tiene pinta de que se hace mucho la paja''. Yo sólo escuchaba y me reía en voz baja sin que ellas lo notaran. Al cabo de un rato, concluí que estaba perdiendo el tiempo y que era mejor para mí irme a descansar; entonces decidí despedirme de mis amigos y salir de aquel lugar donde las chicas se ganaban "el pan con el sudor del pan".

Cuando llegaba a Cartagena, se me quitaba la ansiedad. Mi jefe me daba el día libre para ver a mi familia. Le daba besos a mi hija por todas partes y ella me contaba cosas tiernas acerca de sus mascotas.

La vida para el marinero, para las personas que trabajan en el mar lejos de su familia, siempre va ser la misma para todos, llena de nostalgias y de esperanzas de que un futuro se está construyendo para vivir mejor, y de que Dios es el guía principal de aquellos caminos sembrados de rosas, y que algún día, no muy lejano, te reunirás de nuevo con tu familia, para no separarte nunca más de lo que más quieres y, juntos, trabajar para seguir construyendo, edificando para tus hijos en beneficio de todos, con el cariño allí cerca, dando amor y cariño a todos a tu alrededor, agradecido por aquella oportunidad que te dieron de trabajar y servirle a los turistas que vinieron a disfrutar y que con mucho cariño te trataron y te dieron su amistad, y pusieron su granito de arena en lo que estás construyendo junto a los tuyos. mañana con seguridad sale el sol lleno de energia y un nuevo dia vendra radiante y optimista y positivo que todo sera mejor para todos.

Para sus comentarios al autor escribir a yaberarmando@hotmail.com